# 今夜下時、奔向兩個你所在的車站

吉月生
Sei Yoshitsuki

輕文學
Light Literature

目錄

# 第一章 獵戶座消失之日

五十嵐真夏正在氣頭上，而且是火冒三丈。員工休息室裡只有他們兩人。真夏身上那股非比尋常的殺氣充斥了整間房，彷彿帶有電流。光是呼吸，似乎就會觸電。

「那個……真夏，小夏？」

真夏正在換裝，佐野峯昂朝著她背後喊出了平常不會使用，感覺有些刻意的暱稱……結果被無視了。真夏從置物櫃中抓出包包後，狠狠甩上櫃門，直接離開休息室。昴連忙穿上大衣抓起圍巾，追在她後頭。

店長在廚房裡甩動鍋子，同時對走出休息室的兩人說了聲「辛苦了」。後輩打工店員也跟著喊了一聲，並將明太子墨魚義大利麵端到客人面前。

「啊，昴。謝謝你下週聖誕節願意值班，幫了我一個大忙。」

店長像是忽然想起這件事似的，朝著往出口走去的昴身後這麼喊道。聽到這句話，真夏馬上拔腿衝出店外。

沒錯，果然是這樣。

真夏在夜路上疾行，憤怒的情緒讓她的大衣看上去有些臃腫。昴一把抓住真夏的袖子，她卻沒有停下腳步，邁開大步走個不停，彷彿想甩開昴的手。

「等一下啦！妳在氣聖誕節那件事吧？」

在前往田町站途中的新芝橋上，真夏終於停了下來。寒冷的夜風讓昴忍不住打了個哆嗦，於是他趁機將拿在手裡的圍巾圍到脖子上。

「……既然知道，為什麼還要在聖誕節排班？」

真夏彷彿在質問自己靴子的鞋尖似的說道。

「呃，店長說找不到人值班，要我幫忙啊。而且去年跟前年的聖誕節，我也都在打工嘛。」

「但你已經跟我約好聖誕節要一起過了吧？我不是說今年一定要一起過嗎！」

真夏說得越來越快，連珠炮似地加重了語氣。他們從高二冬天開始交往，至今已經三年了。過去即使昴在聖誕節排班，真夏也沒多說什麼。幹嘛忽然激動成這樣啊？昴本想這樣回嘴，但打消了念頭。繼續點燃真夏憤怒的導火線，對昴一點好處也沒有。

「對不起，是我不好。」

昴繞到真夏面前開口道歉，真夏卻始終沉默不肯諒解。昴想盡辦法安撫真夏，暫時先讓她坐在橋上的長椅。昴在附近的自動販賣機買了真夏喜歡的紅豆年糕湯，遞給真夏後，在她身旁坐了下來。

真夏沒打算喝，只是將其代替暖暖包溫熱手掌，並抬頭望向夜空。真夏經常像這樣仰望星空。對浩瀚宇宙情有獨鍾的她，只要提到宇宙就會開始長篇大論，非常有趣。昴很喜歡她這一點。

過了凌晨零點的十二月夜空感覺遼闊又清朗，還能看見點點星辰。東京的天空看不到太多星星，要說一眼就能發現的冬季星座，頂多只有獵戶座吧。那也是真夏最喜歡的星座。

「明天我會跟店長談談，說我還是沒辦法出勤。」

昴看著真夏的側臉說道。

老實說，事到如今才告知無法出勤真的很尷尬，總之現在只能這麼說了。

真夏「呼」地嘆了口氣，彷彿從宇宙旅行中返回地球似的。她用小口啜飲的方式喝了一口紅豆年糕湯，低聲問了句「真的嗎？」吐息中帶了點白色霧氣，嘴角還勾勒出一抹顯而易見的笑容。

真夏這個人一遇事就容易發火，但也很容易諒解。過去他們吵過不下數次，但幾乎沒有留下任何舊帳。真夏不太會記仇，昴也是自知理虧就會馬上道歉，儘管紛爭再小，他們都會以真摯的態度面對。雙方都理解彼此很看重對方，就只是這樣而已。

將空罐扔進自動販賣機旁的垃圾桶後，兩人一邊留意時間，並快步趕往車站。

距離末班車還有十分鐘。

京濱東北線最後一班開往蒲田的電車，是住在大森的昴的末班車。住在品川的真夏也和他走向同一座月台。雖然山手線開往品川的末班車待會兒也會進站，但她總會跟昴一起搭乘京濱東北線的電車。往下走到月台後，他們下意識地往最尾端走去。站著工作這麼久，下班後只想坐著回家，哪怕只有幾站也行。他們的行為或許就是受到這種本能驅使吧。

一號車廂停靠的月台閘門附近，被某人的嘔吐物遍灑一地。

「噁，真倒楣。」

真夏眉頭緊蹙，拉了拉昴的大衣下襬。沒辦法，他們決定到二號車廂的閘門前等候電車。距離列車進站還有三分鐘。

昴忽然發現身邊站著一位看上去二十來歲，戴眼鏡的男子。一頭亂髮感覺有些俗氣，眼鏡是他唯一的特徵，整體形象完全不起眼。令人在意的是，他抱著一個偌大的皮革波士頓包，不停看手錶留意時間。

「喂，你有沒有在聽啊？」

他猛然回神往旁邊一看，發現真夏又氣呼呼地鼓起臉頰了。

他回問：「抱歉，怎麼了？」真夏一如既往馬上消氣，並說：「聖誕節想去哪裡？」

「只剩一個禮拜了吧？現在就算要預約，不錯的餐廳應該都客滿了。所以今年要不要在我家辦家庭派對？我們可以一起下廚。聖誕節好像本來就是這種活動。」

月台上響起末班車即將進站的廣播。

「嗯，那就這樣吧。今年聖誕節我媽似乎得一個人過，來我家不太方便。」

昴盯著電車駛來的方向這麼說。繪有藍色線條的電車，從軌道那頭駛進了月台。

「咦？你媽又跟男朋友分手啦？」

「應該是。最近她老是待在家裡。」

電車在眼前停了下來。門打開後，他們等乘客下車完畢才走進去。

一進車廂，兩人便面面相覷。一名中年醉漢鼾聲如雷，橫躺在博愛座上睡著了。

或許是這個原因所致，二號車廂裡的乘客除了這名醉漢，只有坐得離他很遠、打扮稍顯浮誇的女子；坐在女子對面、頭戴兜帽不停滑手機的男子；以及剛才那個眼鏡男和昴他們而已。畢竟有那種噪音，實在無可厚非。

兩人也和醉漢拉開距離，在門邊的座位並排入座後，臀部頓時被溫熱的座椅包覆。冬天的電車座椅怎麼會這麼舒服呢？確實不難理解醉漢直接倒在椅上呼呼大睡的心情。

「聖誕節真的可以空下來吧？」真夏彷彿再三確認似地這麼問道。

老實說，昴不認為真夏是那種對聖誕節異常執著的人。不，至少到去年為止，她都不會做這種事。再說，去年聖誕節她甚至還跟自己一起打工去了。

「我說，真夏也一起去打工不就好了嗎？既然妳沒事的話。」

話一出口，昴就發現自己說錯話，但已經來不及了。

「既然我沒事？」真夏緊扣著昴句尾這句失言，瞇起雙眼說道。她的心情好不容易才緩和下來，於是昴連忙搖搖頭。

「不，我不是這個意思。妳想想，我也還沒跟店長交涉，不確定是不是真的能休假。如果真夏在我身邊，就算是打工，我也覺得很開心……」

昴的話還沒說完，真夏就立刻從座位上起身，在門即將關閉的警示聲響起時衝向月台。昴也反射性站起身，追她追到門邊。

「等、等一下……」

「笨蛋！」

真夏在月台上轉過頭看向昴，眼眶含淚的她又狠狠罵了幾句。在響徹四方的警示聲中，她忽然意識到這是最後一班車了。這時，車門無情地在兩人眼前緩緩關閉。昴頓時將手壓在車門上。

真夏隔著門狠狠瞪著昴。這片鐵門擋在眼前，根本一點辦法也沒有。

電車徐徐發動。對面月台的電子螢幕上，顯示出她要搭的開往品川的山手線最終發車時間。

「回家路上小心！」昴連忙開口說，但也不確定真夏能不能聽見。她依然哭喪著臉，緊咬雙唇盯著昴看。

她還在月台上，電車卻漸漸加速了。昴轉過頭，忽然和眼鏡男對上視線。看樣子他應該目睹全程了吧。昴覺得有點丟臉，重新將視線轉回門外，就這麼站在原地。他從口袋中拿出手機，決定先跟真夏取得聯繫。

過去他們也像這樣吵過好幾次，所以昴其實沒那麼焦慮。他自認兩人不會因為這點小事就分手，應該也沒有高估這份感情。昴和真夏是生命共同體，這話絕不誇張。打從第一次見到彼此，就一直如膠似漆。

忽然間，隨著一陣尖銳的金屬摩擦聲，電車急速煞車。昴差點就要往後倒去，姿勢看起來有些笨拙，不知為何卻動彈不得，簡直就像身體被前後兩方用力拉扯似的。車廂內的照明劇烈閃滅，同時還有個奇妙的聲音在車廂內迴盪。宛如低鳴的聲響，聽起來像波浪般重疊在一起。

昴聽見共乘的女性發出微弱的哀號聲。那聲音聽起來像是從後方傳來的，但女子卻出現在昴的面前。她身後還有一個圍巾男子的背影，不是醉漢、不是兜帽男、也不是眼鏡男。

……那是昴自己的背影。

理解到這一點的瞬間，拉扯的力道忽然消失，昴的後背就這麼狠狠撞上電車地板。

※　※

「痛死了……」

黑暗中傳來了某人的聲音。不知道發生什麼事，昏昏沉沉倒臥在地的昴，聽到這個聲音才終於回過神來，急忙撐起身子。壓在地上支撐身體的手傳來一陣刺痛，仔細一看，才發現手掌上扎著類似玻璃碎片的東西。雖然背後和後腦勺也傳來撞擊後的鈍痛，但自己應該還活著。昴在電燈熄滅的昏暗車廂內環視一周，只見原本睡在博愛座的醉漢盤腿坐在地上搔著頭，似乎還沒睡醒。

他也看到女子雙腿顫抖地扶著東西起身。女子面前的眼鏡男依舊緊抱著波士頓包，在玻璃碎裂的窗邊往外看。昴發現破碎四散的窗玻璃碎片撒了滿地，甚至連他身上都是。

「這到底是怎麼回事啊？」

昴聽見剛剛那陣嗓音，回頭一看，只見兜帽男正在觀察車廂連接處。女子步履蹣跚地走近一看後，便用雙手摀著嘴巴。

「隔壁車廂到哪裡去了……？」

昴沒聽懂這話什麼意思，於是站起身，喀啦喀啦地踩著窗玻璃碎片走到兩人身邊。

從後方一看，發現原本一號車廂所在的連接處前方已經變成外面的景象了。連接處就像被狠狠扯斷似的，變得破爛不堪，現在還會噴濺出些許火花。

「嗚哇～～未免太嚴重了吧。搞不好會爆炸耶。」

兜帽男雖然說得雲淡風輕，聽到這句話的女子卻臉色蒼白。昴也忍不住嚥了口口水。

「這扇門開了一點。」

昴回頭一看，發現眼鏡男站在後面的車門附近，指著門這麼說。兜帽男腳步輕盈地跑到門邊，將手搭上微微敞開的車門。

「好燙！這裡行不通啦。」

兜帽男將手抽回，接著在車廂內四處尋找其他可以脫逃的地方。門外就是車站月台。因為是從田町站上車，說不定已經開到品川站了。雖然還無法掌握目前的狀況，但心上的大石總算是落了下來。

兜帽男站在座位上，從破碎的玻璃窗往外看。

「喂，小哥，你可以從這裡跨過月台閘門跳出去嗎？」

和兜帽男四目相交後，昴也站上座位。畢竟外面就是月台，應該很容易就能從窗戶跳下去，但他從來沒有從電車車窗往外跳的經驗。雖然遲疑了一陣，但待在這裡不僅無濟於事，還要面臨爆炸的風險。於是昴按照兜帽男的指示，直接從窗戶跳下月台。

跳出車廂後，他嚇呆了。他們搭乘的這班電車，只剩下他們所在的二號車廂，其他車廂居然全數消失了。不僅如此，昴他們搭乘的二號車廂外表焦黑一片，彷彿剛穿過火海似的，能平安生還堪稱奇蹟。是爆炸、恐攻、還是意外？光是在腦中推敲種種可能性，渾身就止不住顫抖。昴作夢也沒想到自己會被捲入這種意外當中。

在兜帽男的指示下，他們從外面和車廂內扶著女子的身體，將她拉下月台。隨後，昴從外面接過眼鏡男抱在懷裡的波士頓包，暫時替他保管。波士頓包比想像中還要沉重，還有種堅硬的觸感。眼鏡男跳下月台後，立刻跟昴道了聲謝，並將波士頓包拿回手中。

「那個大叔，別坐在那裡啦，再不出去就慘囉。」

就算兜帽男開口叫喚，醉漢還是迷迷糊糊地坐在原地。確定除了他以外的人都逃出去後，兜帽男才無可奈何地揹起醉漢，直接從車窗帥氣地跳下月台。

「吶……這裡是……」

兜帽男將背上的醉漢放下來後，他身旁的女子用顫抖的聲音低語道。昴隨著她的視線望去，懷疑自己是不是看錯了。

「……高輪ＧＡＴＥＷＡＹ站？」

高掛在月台上的巨型站名標示寫著這幾個字。抬頭一看，發現月台採用挑高設計，屋頂橫樑使用了全新的木材，形狀就像凹成波浪狀的摺紙。眼前的景象當然是第一次目睹，昴根本搞不清楚狀況。這是田町和品川之間新開設的車站，但應該還沒開通才對。他們是來到正在施工的車站嗎？但整體感覺又不像開通前的樣子。

這時，有兩名看似站務員的男子神色大變地從對面衝了過來，瞠目結舌地愣在原地。他們似乎也還沒搞清楚發生了什麼事。此時此刻，一股奇妙的沉默瀰漫在現場的所有人之間。

「總之先去辦公室一趟吧。」

女子驚慌失措地將這幾分鐘發生的狀況說出口。聽完她的證詞，站務員似乎才回想起應對的流程。

途中，昴發現有機器人正在四處清掃車站，忍不住看得入迷。被帶到辦公室後，他們乖乖在站務員遞過來的名冊上寫下姓名、住址和聯絡方式。

「咦？」

女子發現了異狀。聽到女子的聲音，昴四處看了看，發現只有兜帽男不知何時消失了蹤影。難不成是去上廁所嗎？但讓人無暇顧及的混亂就擺在眼前，他們根本沒注意到這件事。

比起這些，昴更在乎真夏的狀況。他按了按勉強還算正常的手機螢幕，發現沒開機，好像沒電了。

真夏應該沒事吧。沒有像他一樣被捲進這場意外吧。

剩下的三個人並肩坐在辦公室的沙發上，似乎也心不在焉。繼續待在這裡，肯定沒辦法解決任何事。

看準站務員外出的時機，昴獨自走出了辦公室。

辦公室的時鐘指向凌晨一點。總而言之，現在的首要之務是先攔計程車回家一趟，讓手機電量恢復後再跟真夏取得聯繫。

末班車時間已過，所有出口都拉下了鐵門。無可奈何之下，昴從月台跳下鐵軌，爬上鐵絲網後成功來到外面。

明明時值寒冬，昴卻莫名覺得悶熱。尋找計程車的同時，他熱得脫下圍巾和大衣，甚至連穿在裡面的針織衫都想脫掉。

走到車站前，昴又嚇了一大跳，因為眼前有好幾棟過去從未見過的摩天大樓。最近高輪ＧＡＴＥＷＡＹ站前那一帶確實都在施工，完工時間應該要到二〇二四年才對，可是這附近的工地圍牆全都撤掉了。在這個時間點，車站大樓也燈火通明，整座區域的機能十分完善。

感覺不太對勁。

街上來往的行人服裝也很奇怪。所有人都是短袖裝扮，甚至有人穿無袖。一名身穿無袖上衣的女子經過穿著針織衫的昴身邊，還用斜眼瞥了一會兒。明明天氣這麼冷，她的態度卻像昴的穿著才不合時宜似的。

昴連忙攔住下一台開過來的計程車。在開著冷氣的車內向司機告知老家地址後，車子緩緩出發。前往大森的路上，街景沒有太大變化，讓他稍微鬆了口氣。

請計程車停在自家公寓門口後，昴掏出一萬日圓紙鈔。對二十歲的昴來說，三千多日圓的計程車費是一筆不小的開銷，但今天這種狀況下也無可厚非。昴像在催促般伸出手，接過男司機找的零錢時，忽然覺得不太對勁。他平常雖然不會一一確認，此時卻忍不住直盯著手上的零錢。只見紙鈔上印的並非熟悉的野口英世和樋口一葉，而是陌生男女的臉。

「咦？小哥，你第一次拿到新鈔嗎？」

看到昴的模樣，司機莫名雀躍地問道。

「這是……假鈔嗎？」

「啊哈哈，別把人當成罪犯好嗎？這是新鈔啦，新鈔。你沒看新聞嗎？這是今年開始換的。雖然搞得亂七八糟的啦。」

「新鈔？」

「放心吧，這可以用。對了小哥，勸你還是要看點新聞啦。我還是第一次被別人說這是假鈔呢。」

他並不是不知道要改用新鈔，但那應該是很久以後的事。雖然感到疑惑，但昴正在趕時間。他只好無奈地將不認識的男女塞進錢包，走出計程車。

爬上公寓樓梯後，他轉動門把，還沒用鑰匙開鎖，門就打開了。

走進客廳後，昴發現母親還醒著。母親一看到他，拿在手上的馬克杯應聲落地，在腳邊摔成碎片。

「……你之前到底跑去哪了……」

母親臉色鐵青地凝視著昴，彷彿看到幽靈似的。昴忍不住皺眉。他們明明昨天才碰面，硬要說的話，交到男朋友之後就若無其事放著家裡不管的人，應該是母親才對。

「什麼意思，我去打工啊。別說這些了，我要充電……」

「因為你……已經失蹤五年了啊。」

昴正準備拿起放在客廳的充電器，伸出的手頓時停下動作。

到底怎麼回事？昴百思不解地回過頭，下一秒就被母親抱在懷裡。不知為何，母親淚如雨下，更加深了昴心中的混亂。

「等等、喂、好難受。五年是什麼意思？怎麼回事？」

困惑的同時，昴又覺得有點害羞。他拉開母親的手並問道。

「你搭上電車之後就失蹤了……」

「……啊？」

隨後，母親從置物櫃的抽屜裡拿出一份報紙，遞給了昴。

那份報紙為二〇一九年十二月十九日發行，是今天的晚報。

現在是凌晨兩點。今天才剛開始而已，為什麼就能拿到今天的晚報呢？

各種奇怪的現象接連發生，讓昴大感疑惑。

報紙第一面印著電視節目表。昴翻到下一頁，看到一則大篇幅的新聞報導。

『消失了！京濱東北線末班車二號車廂離奇失蹤』

『正在調查是否與參宿四超新星爆炸有關』

「離奇失蹤……參宿四……？這什麼啊？」

翻開報紙的手不停震顫，感覺好像不是自己的手了。

「你之前都跑去哪裡了……？」

「什麼啊？我像平常一樣搭上電車，電車到站後就在這裡啦。」

「怎麼可能！你已經消失五年了啊！」

「五年？妳從剛剛開始就在胡言亂語什麼……對了，手機！」

昴將客廳裡的手機充電器接上自己的手機。

電源恢復了。

昴輸入密碼，看到開啟的螢幕上顯示的日期後，忍不住倒吸一口氣。

二〇二四年八月十日，凌晨兩點十二分。

「不會吧……」

尚未理解現況的昴，用顫抖的指尖從來電紀錄中找到真夏的號碼，按下通話鍵，卻因為收不到訊號毫無反應。

「媽，手機借我一下，我得先連絡上真夏才行。發生這種事，她一定很擔心我。」

根本還沒釐清自己身上發生了什麼事，昴就急著伸手向母親討電話。過去真夏跟母親見過幾次面。母親很喜歡真夏，真夏雖然在第一次見面時被母親的豪放性格嚇了一跳，但兩人的關係還算不錯，已經交換過電話號碼了。

但母親卻不知為何沉默不語，低著頭一動也不動。

「幹嘛？怎麼了？……真夏有打來嗎？」

不管怎麼按，手機就是收不到訊號。昴被搞得焦慮萬分，同時向母親問道。

只見母親又吸了吸鼻子，用昴過去從未聽過的虛弱嗓音說：

「真夏……在四年前的夏天，就已經過世了。」

*

應該是喝太多了。牧勇作將此刻身在警局一事歸因於此。

他和大學時期在航空系結識了二十多年的好友在大宮喝酒，散會後搭上京濱東北線，正準備回到目前居住的上野。但清醒過來後，勇作卻在「高輪ＧＡＴＥＷＡＹ」這個沒聽過幾次的車站下車了。聽到這個站名，他連自己坐過了幾站都搞不清楚。

看來似乎發生了意外。雖然還有一點印象，但他實在記不清了。總之勇作意識清醒後，他已經和三個年輕男女一起被帶到警局了。

儘管室內冷氣開得很強，勇作還是覺得熱。滿頭大汗的他脫下身上的羽絨外套，連針織毛衣都脫了。只穿一件上衣剛剛好。

但他卻聽到了難以置信的內容。警察一臉嚴肅地說：

「今天是二〇二四年八月十日。你們幾位可能是從二〇一九年十二月十八日就行蹤不明的失蹤人口。」

警察說的這些話荒唐至極，跟那張嚴肅的表情完全相反。聞言，勇作嚇得目瞪口呆。

警察還將可以作為證據的幾樣物品放在勇作等人面前。

包括明天──也就是二〇一九年十二月十九日的晚報，以及一份五年後的報紙，警察卻說這是今天發行的。他們又看了電視新聞，還用警察的手機確認日期。要撒謊的話，這些證據未免也太大費周章了。

勇作揉揉自己的老花眼，仔細盯著明天那份晚報的頭條新聞看。

「你們幾位應該是在二〇一九年十二月十八日，搭乘京濱東北線開往蒲田的末班車，坐在二號車廂的乘客。當天只有你們搭乘的二號車廂在軌道上忽然消失。雖然引發了各界臆測，但至今仍未查明原因。直到今天為止，你們都被視為失蹤人口，警方也持續在搜索各位的行蹤。而目前的狀況，就如各位所見。」

警察這番話說得太過含糊，勇作根本聽不懂他在說什麼。

「『消失』是什麼意思……？」

勇作旁邊那個面色鐵青的年輕女子，緊緊抓著放在腿上的大衣衣襬這麼問。

「我們也不太清楚。當時周邊出現了大規模的電波干擾，鐵路局和附近設置的監視器畫面幾乎都無法解析。根據那班列車司機的證言，從田町開往品川的路上，忽然像海市蜃樓般產生了扭曲現象。他急忙踩下煞車時，一陣狂風打向車體，同時還傳來了碎裂聲響。他連忙回頭查看，結果一、二節車廂的連接處早已被扯斷，海市蜃樓現象和二號車廂也離奇消失了。其他乘客的證言也符合他的說法。所幸一號車廂及三號車廂以後的乘客並沒有嚴重傷亡。」

「等一下，難道大家都以為我們死了嗎？」

這已經不能當作玩笑話來看待了。聽到警察一直說些莫名其妙的話，勇作著急地發問，右腳還狂抖個不停。

「不，從頭到尾都被當作失蹤案件處理。但不能否認的是，直到你們今天出現之前，外界也沒打算繼續搜索了。」

「現在到底是怎樣？負責人是誰啊！叫講話正常點的傢伙出來好嗎！」

坐在椅子上的勇作將身子往前傾，口氣火爆地瞪著警察看。

「請您先冷靜下來，我們也還沒釐清現狀。總而言之，我們已經跟各位的家屬取得聯繫並回報狀況了。為了確認狀況，我們會請來接人的家屬為各位做身分擔保，能請各位將過去發生的所有事情告訴我們嗎？」

就算警察這麼說，勇作真的只是睡了一覺而已，沒有其他事好說。原本只打算小睡一會兒，醒來後卻已經過了五年。這就是勇作的實際經歷。

天亮時，勇作的老婆依子過來接他了。一看到勇作，她就倒抽了一口氣。勇作也和她一樣驚訝，因為依子給人的印象，跟他昨天早上出門時看到的樣子差太多了。原本往後綁的長髮修剪得簡短俐落，儘管只是略施薄粉，妝容也十分精緻。結婚二十年來，他還是第一次看到依子穿上高跟鞋。時間在不知不覺中流逝的感覺，比剛才看到的任何證據都要真實。

結束長達五年的酒席，到了隔天下午，他才終於可以回家。

但一大群記者衝到警局前，他根本走不出去。

「雖然還一頭霧水，但好像滿嚴重的耶。」

勇作走下車時，忍不住帶著苦笑說道。那台車上寫著小型金屬加工廠「牧

SOLUTION工業股份有限公司」字樣，他是工廠的代表。抵達家門前從勇作口中聽說事情經過的依子，只回了句「是啊」。

家裡還是打理得一塵不染。如果留在家裡的人是勇作，或許就不是這般情景了吧。

一回到家，依子就替勇作倒了杯麥茶放在桌上。勇作一句謝謝也沒說，就直接靠在椅子上喝了起來。每到夏天，依子總會在冰箱裡準備麥茶。這是勇作最愛喝的麥茶品牌。

「工廠現在怎麼樣了？不會在我消失的這段期間被逼到破產了吧？」

勇作用開玩笑的語氣提問後，依子回了句「這倒沒有」，並在廚房手腳俐落地忙碌著。看樣子應該是要準備午餐。

「但你失蹤後，工廠就變成ＤＮ重工的子公司了。」

ＤＮ重工是日本代表性的機械製造商。變成ＤＮ重工的子公司一事讓勇作難以置信，懷疑自己是不是聽錯了。

「這、這是怎麼回事！」

「我有什麼辦法呢？你一夕之間失去蹤影，客戶不斷流失，營運狀況岌岌可危。多虧當時DN重工願意重金收購我們工廠的技術，現在的業績才能節節上漲，員工也能繼續努力。」

「那可是我的工廠啊！妳怎麼能說賣就賣——」

「員工們也要生活，況且那個工廠是屬於所有員工的資產。我們連你會不會回來都不曉得，怎麼可能為了守護你一個人的尊嚴，放棄所有人的安穩生活呢？」

依子語速飛快地說著，並將鍋子點火。

「沒人跟我說過這些事！」

「你當然不會知道啊，失蹤的人是你吧。光是能逃過破產這一劫，就要謝天謝地了。我們已經不是過去的『牧 SOLUTION 工業股份有限公司』了。」

超乎意料的現況，讓勇作納悶至極，完全說不出話來。

「對了，還有優季……」

依子不顧勇作內心的糾結繼續說道。勇作不禁繃緊全身，不知道接下來還會聽見什麼。

優季是勇作和依子的獨生女，是十九歲的大學生。

倘若現在真的是未來的話，優季應該已經二十四歲了——獨生女居然在不知不覺中成年還出社會工作，真是不可思議。

總之先不要思考公司的事了。一想到這些事，他就會氣得發狂。

於是勇作重振精神，將剩下的麥茶一飲而盡後，開口詢問依子。

「優季現在在做什麼？工作呢？」

「不，她現在沒有在工作。」

勇作忍不住轉頭看向依子。

「沒有在工作？什麼意思？」

「那孩子今年春天結婚了。現在懷孕三個月。」

「什麼！」

勇作反射性站起身，惡狠狠地瞪著依子。廚房裡的依子卻若無其事地盯著鍋子看。

「什麼跟什麼啊！我根本沒聽說！」

因為你失蹤了啊——人在廚房的依子給出了再合理不過的回答。番茄醬的香味飄進了飯廳。依子應該正在做勇作最愛吃的茄汁炒義大利麵。

「妳為什麼沒有反對到我回來為止！對方是哪兒來的臭小子！」

「是她大學時代的學長。怎麼能為了你刻意錯過婚期呢？又不知道你什麼時候回來。」

這次他實在嚥不下壓抑已久的怒火了。

「誰管那麼多啊！我可不記得有把女兒交給那種來路不明的小子！還懷孕！竟敢讓我女兒破處！」

「別用那種口氣說話好嗎？他是個品行端正的好男人，也很照顧優季。」

「開什麼玩笑！」勇作說得口沫橫飛，再次發出怒吼。

「妳也沒好到哪裡去！我不在的時候，居然開始會搔首弄姿了！難不成妳外面有男人嗎！」

相較於情緒激動的勇作，依子顯得十分冷靜。

「我外面沒有男人，也沒那種閒工夫。」

她的口氣冷漠得驚人。

「誰知道呢，我都已經消失五年了嘛。我看妳是逮到機會紅杏出牆了吧？」

勇作怒氣沖沖地重新坐回椅子上，用力地抖著膝蓋。

廚房傳來關上瓦斯爐火的「喀鏘」聲。他現在根本無心吃飯。如果端到他眼前，他一定會把整盤麵掃落在地。

但走出廚房的依子手上並沒有餐盤，反而走向客廳的五斗櫃，拉開抽屜後取出裡面的東西，遞到勇作面前。

那是一張紙。勇作疑惑地蹙緊眉頭一看。

「……離婚吧。」

聽到依子這麼說，他才發現那是離婚協議書。依子早已在欄位中完成署名並用印，她的表情毫無波瀾。

「等、等一下。這是什麼……」

「如果你不想走出這個家，就讓我離開吧。」

「妳……真的有別的男人了……？」

「你誤會了。懷疑的話，看你要委託徵信社還是什麼管道都可以。我只是覺得跟你一起生活好累。過去我替你扛下代表的職務，處理了工廠的所有大小事。既然你不讓我插手，那我就不管了。」

勇作目瞪口呆，根本無言以對。

依子的神情十分堅決，彷彿終於等到這一天似的。在這空白的五年當中，一切都徹底改變了。此刻，勇作再次切身體會到這個事實。

＊

島倉瞳一回到家，就看到田中元春和陌生女人跟孩子住在一起。

「瞳……妳怎麼會在這裡？」

這就是睽違五年重逢的男朋友——元春說的第一句話。

但對瞳來說，只是相隔一天的重逢而已。

瞳在銀座一家服飾店當派遣員工。那間店平常都營業到晚上十點，之後還要完成打烊、關帳、上架、每日彙報、更換模特兒展示服裝等事務，經常會耗到末班車的時間才能回家。瞳工作的這間店倡導免加班，所以做這些工作基本上都沒薪水可拿。但若因為這樣就半途而廢，到頭來還是要讓早班人員收拾殘局。其實有很多員工會將更換展示服裝和上架這些事留到明天再做，但瞳實在沒辦法做到一半就丟出去。她的個性就是這樣。明明受人委託都不好意思拒絕，也無法開口拜託別人，她還是離開靜岡的鄉下地方前往東京，在嚮往已久的銀座工作。她每天都憑著這股熱情激勵自己。

這天，瞳一如往常地結束穿著高跟鞋站了大半天的工作，步履蹣跚地在有樂町搭上京濱東北線開往蒲田的電車。這班車可以直達她位於蒲田的住處。有個醉漢倒在博愛座上呼呼大睡，她用不屑的眼神看了一眼，在稍遠處的位置坐下後嘆了一口氣。原先因為塞在高跟鞋裡的壓迫感和寒冷氣溫漸漸失去知覺的趾尖，此刻終於稍稍恢復了。

她脫下皮質手套傳LINE給同居的元春，說自己正要回家。

她和元春是四年前在前一家工作的服飾店認識的。元春是打工人員，瞳是派遣員工。當時二十歲的元春小她四歲，瞳的契約到期後，兩人自然而然開始交往。起初他們各自在外獨居，但住在蒲田的元春經常繳不出房租，瞳老是替他代繳。久而久之，瞳跟房東解約，搬進元春的家和他同居。因為元春很喜歡蒲田的住處，不想離開這裡。在那之後，繳納房租的責任就由瞳一肩扛起。但因為房租比原本的住處便宜，瞳的年紀也比較大，所以她對此沒有任何怨言。最重要的是，當她拖著滿身疲憊返家時，家裡有個人在等她的感覺，對瞳來說就是最大的幸福。

電車剛過田町站，就立刻出現異狀。緊急煞車害瞳整個人摔出座位。她不知道發生了什麼事，根本無從抵抗，就來到了五年後的高輪GATEWAY站。

住在靜岡的母親特地來警局接她回家，但她說想繞到某個地方看看，就回到和元春同居的蒲田公寓。

結果元春對歷經浩劫歸來的女朋友說：

「現在實在不太方便……我會再跟妳連絡，真的很抱歉。」

說完，他就把瞳留在玄關口，直接關上大門。

兩人之間只隔了一道薄薄的門板，瞳卻有種被他展開的結界排斥在外的錯覺，根本一頭霧水。昨天早上瞳也一如既往，在元春仍熟睡時就早早出門了，怎麼一夕之間世界就變了個樣？

元春給人的感覺也變了很多。過去總是遊手好閒，只會依賴瞳過日子的他，似乎一夕之間變成了父親。元春身後的小孩應該就是他的孩子吧。瞳覺得欲哭無淚，悲傷的情緒根本追不上現實的巨變。她決定相信這些只是一場夢，只要睡一覺，應該就會恢復原狀。

但最後傳簡訊給元春告知自己要回家後，手機就收不到訊號而無法使用，也沒辦法聯絡任何人。要睡覺的話，如今也只剩下回老家這個選項了。

跟今早趕到東京的母親一同回到靜岡的老家時，周遭的天色早已暗了下來。

瞳在返家的車內，得知長期下落不明的自己已經被公司辭退了。到昨天為止她都用心工作，連早班人員的工作都攬下來做，回過神來卻變成了無業遊民。她已經無話可說了。

下車後，瞳發現有一大堆人擠在家門前。這種鄉下地方怎麼會聚集這麼多人呢——她才這麼心想，那群集團就朝著她猛衝過來。

「是島倉瞳小姐嗎！我是電視台記者，請問這段時間您究竟到哪裡去了呢！有人推測您穿越了時空，但真相究竟是什麼！其他乘客是否平安呢？請您說句話好嗎！」

麥克風忽然湊上前來，瘋狂閃爍的閃光燈讓她下意識別過頭去。當瞳對無數支麥克風感到困惑時，母親便拉住她的手臂，將她帶進家中。

「是媒體。妳失蹤的時候，他們也像這樣鬧過一陣子，左鄰右舍都不堪其擾。」

母親莫名熟練地將家裡的窗簾拉起。如同警察剛才拿給他們看的報紙頭版，瞳所搭乘的電車事故似乎有大篇幅的報導。她離開警局的時候，也有大批記者不知從哪裡獲得了線報，圍堵在門口。

瞳打開電視，螢幕上也不斷播映他們搭乘的那班電車。

甚至還有節目打上【失蹤五年歷劫歸來】這種標題，做了特輯報導。她實在無法想像，這都是發生在自己身上的事。

男友沒了，工作也沒了。她這輩子第一次體會到這麼深刻的無力感。

最後，瞳終於精疲力盡地癱倒在佛堂裡。榻榻米的青草氣味竄入她的鼻腔。

「妳真是個倒楣鬼。」

看到瞳倒在地上一動也不動，母親毫不留情地這麼說。

「所以我當初就勸妳不要去東京嘛。留在這裡老老實實地相親結婚，就不會變成這樣了。」

瞳實在很不會應付母親這種人。從以前到現在，她總會像這樣否定瞳的一切。就算瞳受人稱讚，她也會謙虛地否定「沒這回事」。當瞳行事不利，她就會洋洋得意地說出「妳看，我就說吧」這種話。母親一定毫無自覺吧。因為太擔心女兒的一舉一動，就理所當然地認定「自己做不到的事，女兒也做不到」。她總覺得一帆風順的人生，對女兒來說才算是幸福。但這麼做就像自己的存在被全盤否定一般，每每都讓瞳難以喘息。

所以瞳才會在高中畢業後立刻離開老家，到東京展開新生活。她總是比別人多花一倍的心思打扮，在意他人的眼光，想盡可能在別人心中留下好印象，想得到一句「妳好漂亮」的稱讚。不知不覺中，過去一直遭到否定的瞳，漸漸只能透過被人讚美或懇求這些方式，才能找到自己的存在價值。

「我今天會住在這裡，但明天就要回東京去。就算要住月租公寓，我也要回去。」

瞳將額頭貼在榻榻米上，拚了命地反抗。

「說什麼傻話啊，妳又沒工作。之前說的那個男朋友，最後也吹了吧？反正他也不是什麼好男人。妳失蹤以後，他居然拜託警察把妳的東西送過來，而不是親自登門拜訪。那時候我就覺得他是個爛男人。」

有種哪壺不開提哪壺的感覺。母親是不是想在她內心的傷口上撒鹽呢？但她越急著逃，母親就會逼得越緊。

「我有存錢，馬上就可以找到新工作。」

瞳連回答都懶，只用自言自語的音量如此低喃，但母親又故意嘆了一口長氣。

「妳太看得起自己了。難怪連嫁都嫁不出去。」

繼續待在這裡的話，感覺在離開前就會瘋掉了。於是瞳默默起身，逃進自己的房間。她將包包扔到床上洩憤，直接在緊閉的房門前抱膝蹲下。

瞳在二〇一九年一月以後，就沒有再回這個家了。老家的房間被打理得一塵不染，彷彿隨時都可以回來居住，這反而激起了瞳的反抗意識。誰要回這個家啊。如果瞳回家的話，母親一定又要說「妳看，我就說吧」，逼瞳承認她才是對的。

房間角落堆放著五個紙箱。儘管有不好的預感，瞳還是伸手打開了那些紙箱。只見箱裡塞滿了她過去和元春同居時放在公寓裡的私物。他們以前把在遊樂園拍攝的兩人合照裝飾在玄關處，如今這張照片卻彷彿在挖苦人似的被放在紙箱最上方。

不想留這張照片的話，隨便處理掉不就得了？如果沒看到這張照片，她就還能保留一絲幻想，覺得元春現在可能還無比珍惜地將這張照片留在手邊。

但如字面所示，幻想就只是幻想。她曾經在那個家留下的痕跡，全都被一掃而空了。

瞳本來想把那張照片捏爛，結果還是下不了手，便把照片收進包包裡。

真希望這一切只是一場夢——直到現在，瞳依然無法捨棄這股渺小的希冀。

＊

「收到您的款項了！」

夜深人靜的住宅區中，有個外型爽朗又整潔的年輕男子站在玄關前，從老婦人手中接過一個厚厚的茶色信封袋。

「律師先生，我兒子真的會沒事嗎？」

「是的。總之我會將這筆錢當成和解金，好好和被害者家屬交涉，請您不必擔心。」

「這樣啊……拜託您一定要想辦法救救那孩子！」

老婦人涕淚縱橫地向那個男子懇求道。男子溫柔地抱著老婦人的肩，說著「後續就交給我吧」這種鼓舞人心的話。

穗川真太郎在轉角處看著這一切，算準男子離開住宅的那一刻走到大街上。那名男子將茶色信封袋收進懷裡，心情愉悅地走了過來，擦身而過時真太郎撞到了他的肩膀。男子一臉狐疑地轉頭看向他。

真太郎將一隻手舉到胸前跟他道歉。男子咂了咂舌，直接轉身背對真太郎離開了。

男子離去後，真太郎也一臉不爽地直接走人，手上卻握著剛才那名男子收下的茶色信封袋。真太郎邊走邊若無其事地確認信封內容物。裡面放了一疊用綁鈔帶捆好的鈔票，有一百萬日圓。

「唉呀，那個老婆婆也被整慘了啊。」

真太郎聳聳肩，細數三十萬日圓鈔票從茶色信封袋抽出後，將剩下的錢連同信封袋丟進老婦人家的信箱內。

「老婆婆，跟妳收三成手續費喔。」

真太郎沒有按電鈴通知老婦人，就這麼離開了。前方第五棟住宅的玄關口設有防盜攝影機，於是真太郎在住宅前那條路往左拐。這條路上雖然沒有防盜攝影機，但走到底往右轉的那條大馬路上到處都是監視器，就物理上來說是不可能躲開的。

真太郎將外套兜帽下拉到能遮住臉的程度，腳步飛快地穿過聖誕節將至的繁華大道。

來到這裡就可以隱沒人群之中，幾乎不會曝露身分。

真太郎以強盜維生，主要是從反社會勢力奪取金錢。他絲毫沒有罪惡感及犯罪意識，反而覺得自己的行為才算正義。所謂的正義當然不是無償義舉，也不受法律制約。

被騙走的現金不會留下移轉紀錄，就算事後報警，將錢拿回來的可能性也是微乎其微。但只要真太郎出馬，就可以拿回七成的金額。對被害者來說，到底哪一方才算是正義呢？

真太郎走向上野站，混入人群後，搭上了京濱東北線開往蒲田的末班車。他要在大井町站下車，再搭計程車回到位於武藏小山的家。今天也非常順利，他預計將賺到的錢全都存進帳戶裡。

然而，真太郎的下車地點卻是五年後，一個名為「高輪GATEWAY」的未來車站。

發現站務員急急忙忙地跑過來後，真太郎立刻從月台跳上鐵軌逃出車站。他完全不知道發生了什麼事，而且還覺得十分悶熱。真太郎馬上脫掉外套和帽T，只剩穿在最裡面的一件T恤，融入附近的人群當中。手機依然沒電無法使用，但他覺得必須找點蛛絲馬跡，便跑進附近的超商。真太郎看到手上的報紙後，被眼前的事實嚇得目瞪口呆。

因為二〇二四年八月十日的體育報頭版，大篇幅報導了日本選手在奧運勇奪金牌的新聞。但舉辦地點卻不是東京，而是「巴黎」。

他連忙回到家，住處卻早已被強制退租了。所幸家中沒有任何會讓真太郎前科曝光的物品，但家具和家當應該都拿不回來了吧。再說，真太郎也不是用本名承租，而是用偽造的身分證冒充他人。這個拖欠房租連夜潛逃的男子實際上並不存在，但警方可能正在追查他的行蹤。

身分一旦曝光，會影響到往後的工作。他當然也不想被捲入會跟警方扯上關係的事件。儘管真太郎不認為法律就是正義，國家還是不容許這種行為。如果真太郎的正義之舉被發現，就只有受罰一途可走。

幸好存在空頭帳戶裡的錢沒事。雖然沒地方住，他的存款依然十分可觀，早就已經超過數億日圓了。

真太郎從事的雖然是高風險行業，但一天能賺到的金額就有天壤之別。對真太郎來說，今天的報酬只能算零用錢而已。

但真太郎卻毫無物慾。他不會因為有錢在手就任意揮霍，也不會去享用昂貴的珍饈美饌，只是覺得好玩才存錢。

硬要說的話，蒐集錢財算是真太郎的興趣，因為錢絕對不會背叛自己。打從懂事以來，真太郎的夢想就是「變成有錢人」。雖然這麼說有點籠統，但真太郎認為絕大多數人的夢想，最終都會走到這一步。

真太郎決定在網咖住一陣子。在約莫兩坪的狹小空間內，只有一張放了螢幕的書桌和躺椅而已。這樣就夠了。他在超商買來的杯麵中倒入熱水，就窩回自己的包廂。

為了蒐集更多情報，他打開螢幕電源，將電腦開機。

沒辦法用手機實在挺麻煩的。沒有住處的話，就算有假名也無法簽署手機契約。儘管他有辦法拿到人頭手機，還是得先釐清自己身上發生了什麼事。

真太郎搭乘的那班電車事故是個大新聞。車廂內的乘客共有五名。其中四名已經確認身分，卻有一名乘客的身分無法查明，那個人就是真太郎。當時真太郎將兜帽往下拉到遮住眼睛的位置，從上野站的防盜攝影機中無法辨識他的長相。沒有被列為失蹤人口，也無法掌握他的真實身分。這也難怪。

當天一定發生了什麼怪事。越追查當時的事故細節，真太郎心中的疑惑就變得越來越篤定。

「時空旅行啊……」

快速瀏覽幾篇網路報導後，他不禁揚起嘴角。

他想忍住不笑，卻徒勞無功。實在太可笑了，他根本憋不住笑意。在內心深處不斷升溫的血液直衝腦門，咕嘟咕嘟地沸騰起來。真太郎忍不住當場發出尖叫。

他被急忙趕來的店員制止，但他已經十幾年沒這麼興奮過了。

跟他乘坐同一節車廂的乘客姓名，都被寫在網路上。

佐野峯昂、牧勇作、島倉瞳、神坂晟生。

「……神坂晟生。」

好奇怪的名字。

據最新報導指出，宇宙研究開發機構近日將對該起事故的乘客進行偵訊。

不是警方，也不是鐵路局，而是宇宙開發機構。所謂「偵訊」只是巧立名目，其實是要把他們當成研究對象，往後也要繼續追蹤觀察吧。

時間大約是一週後。在那之前，得先把一些問題處理掉才行。

真太郎整個人靠在躺椅上，輕輕閉上眼睛。

*

神坂晟生來到住在對門的房東家時，太陽早已西沉了。一見到晟生，房東立刻眼淚盈眶，一把將他擁入懷中。

「我一直相信你會平安歸來。」

柔軟的觸感包裹住他的全身，他不知道該如何應對。晟生就這麼被房東抱在懷裡，渾身僵直地站在原地。房東那隻愛犬貴賓狗抬頭看著他，興奮地在玄關口的磁磚地上踏來踏去。

「我看到新聞了，你沒受傷吧？肚子會不會餓？」

她終於放開晟生的身體，憂心忡忡地盯著晟生的臉問道。

「我剛才在回家路上吃過了。對了，這個給您。」

晟生乖巧地從紙袋中拿出餅乾禮盒交給房東。

「真的很感謝您。我這麼久沒回來，您還替我保留了房間。」

「幹嘛這麼客氣啊。」房東推託了幾句，卻還是收下禮盒。她應該是擔心不收下會很失禮吧。

「沒什麼，反正現在也沒人想租這種老舊公寓。」

用誇張語氣答腔的房東，臉上已經佈滿皺紋。這應該不單是晟生失蹤的這五年內產生的變化，她果然老了一些。

「你們兩兄弟搬過來以後，我心裡就出現了暫代母職的念頭。肥皂泡泡從那間房的陽台飄上天空的畫面，我到現在還記憶猶新呢。」

說完，她就看向晟生那間房的陽台。她一定是想起陽生了吧。陽生是大晟生八歲的哥哥，如今已經不在世上了。二〇一五那一年他才正要滿三十歲，就這麼與世長辭了。

陽生十一歲、晟生三歲的時候，他們就被寄養在兒童養護設施。

他們的雙親在一場車禍中離世，但晟生對父母幾乎沒有任何印象。

雖然能從殘存的相簿中得知兩人的長相，晟生卻沒有被父母呼喚或擁抱的記憶。現在晟生覺得這樣可能比較好。畢竟陽生是在十一歲這個多愁善感的時期失去父母，而他當時就近目睹了陽生的辛勞。

為了守護這個僅存的弟弟，陽生總是拚盡全力。住進養護設施後，也盡心盡力照顧晟生。陽生是與他感情和睦的哥哥、可靠的父親、也是慈祥的母親，此話絕不誇張。晟生第一次拿菜刀、第一次拆掉腳踏車輔助輪、還有第一次考試就意外考到一百分的時候，最願意陪他一同分享喜悅的人就是陽生。

晟生受傷哭泣時，陽生經常吹泡泡給他看。聽說嬰兒時期的晟生鬧起脾氣啼哭不止時，母親就會像這樣吹泡泡，晟生也會立刻破涕為笑。於是陽生就仿效母親的舉動，每當晟生傷心難過時，陽生就會對著天空吹泡泡，就算晟生長大了也一樣。

在養護設施展開新生活後，陽生馬上就有了夢想。他會不厭其煩地用淺顯易懂的方式，仔細將夢想告訴比他小好幾歲的晟生。述說夢想的陽生看起來閃閃發光，光是聽他解釋，晟生的心就跳得好快，感覺比在養護設施讀過聽過的任何繪本都要有趣。

因為有陽生陪在身邊，晟生從來不知寂寞為何物。和一群失去雙親的孩子一起長大的環境也起了很大的作用，他覺得一切都再正常不過。

但陽生就沒有這麼幸運了。某天陽生晚歸，晟生在日暮時分的公園裡找他時，發現他正一個人暗自啜泣。陽生絕對不會讓晟生看到這副模樣。陽生習慣用吹泡泡當作慰藉，所以晟生很快就找到他了。陽生平常吹泡泡的時候，或許也是為了安慰自己吧。當他感到煎熬、痛苦、寂寞、一個人難以承擔、不知所措的時候，讓這些情緒乘著肥皂泡泡飛向高空，可能會讓他覺得離父母更近一些。

對陽生而言，失去父母這件事，一定很像獨自被送到火星時，要跟那種孤獨感奮戰的感覺。

陽生一滿十八歲，就帶著十歲的晟生離開養護設施，到現在田町這棟公寓展開兩人的新生活。陽生找到了系統工程師的工作，每天都工作到很晚，同時還要養育晟生。

結果陽生也沒能活過父母親離世時的年齡，就這麼因為急性心衰竭走了。他的生命就像肥皂泡泡，轉眼間就「噗滋」一聲破了。陽生渴望實現的夢想，就像夢一樣畫下了句點。當晟生變得孑然一身後，才終於明白陽生始終藏在心裡的那份絕望和孤獨。

迅速將被停掉的水電、瓦斯和網路重新開通後，晟生將房間裡的每個角落打掃乾淨。照理來說，這個家應該只空了一天，五年的歲月卻讓房裡覆上一層雪白的塵埃，蜘蛛還在玄關角落築起了舒適的豪宅。話雖如此，他現在只想感謝房東替他將這個家完完整整地留了下來。從大學畢業後，到被迫穿越到未來的這三年內，他都跟哥哥一樣從事自由系統工程師的工作。只要稍微休息一陣子再重新開始，應該也沒什麼大礙。財務方面，目前還過得去。

所幸電器都沒有壞。插電之後，就像起死回生般重新啟動了。

晟生將房內的灰塵清理乾淨，最後仔細地將廚房裡的餐具全都重洗一遍。接著他將咖啡濾紙放入濾杯，用附近那間私人咖啡店研磨的豆子沖泡咖啡。六十多歲的老闆堅持從世界各國進口咖啡豆，因此那間店的每種豆子品質都很棒，在其他地方根本買不到。雖然是一間小小的店鋪，但應該鞏固了一大批死忠粉絲。經過五年的歲月，這間店依然有在營業。對晟生而言，這件事跟自己的家被完整保留一樣開心。

房內瀰漫著越來越濃郁的咖啡豆香氣。注入熱水的那一刻起，晟生的心靈就獲得了平靜。這就是晟生的人生中無法欠缺咖啡的理由。如果連這點渺小的樂趣都沒有，還有什麼生存價值可言。對已經沒有任何事物可以守護的人來說，更是如此。

跟皮革波士頓包一起拿回來的紙袋中，放了剛簽約的手機。他拿出手機打開電源，螢幕上的時間是二〇二四年八月十日，晚上九點十分。通訊系統是５Ｇ。

他將放在硬體擺放區那幾台電腦開機，坐上已經擦去灰塵的椅子。眼鏡擦拭得一塵不染，在剛沖好的咖啡中放了一包半的糖，緩緩攪勻後，就著杯緣啜飲一口。非完成不可的待辦事項堆積如山，但昨天那場騷動發生至今，他的心情終於稍稍平復了些。

他一手拿著咖啡，開始搜尋網路新聞。預定於二〇二〇年舉辦的東京奧運早已走入歷史，二〇二四年的現在正於法國舉辦帕奧。近期的新聞幾乎都跟帕奧有關。

至於其他的重大新聞，是ＮＡＳＡ繼阿波羅計畫五十五年後，將於今年再次將人類送往月球。不僅如此，首次往火星發射載人太空船的計畫也預定在今年完成。往後還要往火星運送物資，在火星上興建都市。這個困難重重的計畫，確實邁出了第一步。

另外，利用火星移民計畫的火箭原理打造而成的民航機，似乎也要在明年投入民用路線了。驚人的是，這架飛機居然可以在一小時內抵達地球的任何一處。這在五年前簡直是天方夜譚。

他深刻體會到文明的發展。另一方面，消費稅已經提升至百分之十五，原因之一便是年金問題。到了二〇二四年，日本已經有半數以上的人口超過五十歲，問題更加惡化。聽說醫生和看護員人手不足，在醫療方面，運用人工細胞的再生醫療技術已經落實於一般醫療，成長幅度遠高於二〇一九年的預想。儘管能治癒的疾病增加，伴隨少子高齡化的影響，熟悉這個技術的醫師卻越來越少。這種極為諷刺的現狀，往後應該也找不到具體的改善對策吧。

當天到底發生了什麼事呢？晟生不停查找相關新聞，追溯事發當天的消息。

儘管事發當時出現了各式各樣的臆測，官方依舊將其歸類於「原因不明的未解決事故」，但網友的反應就沒這麼簡單了。對這起事件相當熱衷的部分人士中，存在某個十分有力的假說。

事故發生於二〇一九年十二月十八日，當天還有另一件話題性極大的新聞。拓展到世界規模來看，這個新聞的報導篇幅遠大於這起事件。

【終於觀測到參宿四超新星爆炸！】

從地表觀測，位於獵戶座左上方的恆星就是參宿四，距離地球約有六百四十光年。透過這次爆炸觀測到的超新星爆炸，自然是六百四十年前發生的事。早在二〇一九年以前，「參宿四壽命將盡」這件事就蔚為話題，全世界的巨大望遠鏡都想捕捉這場世紀天文奇觀。超新星爆炸前會釋放出大量微中子和重力波，負責觀測這些預兆的專門機構，一定每天都做足了萬全的準備。

如此盛大的天文現象，居然和那起事故同時發生。

參宿四超新星爆炸引發的強光，會以超過滿月百倍的亮度照亮整片夜空，而且長達四個月之久。既然光線這麼強，白天一定也能用肉眼看得一清二楚吧。

但晟生他們飛往未來的那一瞬間，那道光尚未傳到地球，當時抵達的只有超新星爆炸產生的重力波而已。恆星發出爆炸強光之前，會先釋放出星體坍塌產生的微中子和重力波。幾乎和光速等速的這些元素，會比爆炸強光早一步抵達地球。重力波被觀測到的時間，與事故時間完全吻合。天底下會有這種巧合嗎？

網路上立刻就掀起一波質疑聲浪。最後這些人導出的答案，就是「蟲洞」。

蟲洞的概念類似隧道，可以連結兩個分離的時間和空間。

重力波引發的時空扭曲，是否基於某種原因壓縮後形成蟲洞，而晟生他們搭乘的電車藉由蟲洞穿越了時空呢？

但在當今二〇二四年，科學也無法證明蟲洞的存在。因此有些人持否定論點，在網路上展開相當激烈的論戰。晟生他們平安歸來後，這個議題再度升溫，「時空旅行」還登上了熱門關鍵字。

晟生不停調查事故的線索，回過神來，才發現已經下午三點多了。

白天那股凝滯的熱氣也和緩了幾分。晟生將冷掉的咖啡重新泡過，並打開緊閉的陽台窗讓空氣流通。他來到室外，定睛望向東方的低空，發現冬天的星座獵戶座已經出現了。以前陽生曾告訴他，只要在這個時間觀察東方的低空處，就算在夏天也能看見獵戶座。可是眼前的獵戶座已經跟晟生心中的認知大不相同了。位於獵戶座右肩的參宿四變得越來越暗，幾乎無法用肉眼觀測。對晟生來說，這就是此刻身處未來的證明。

「……未來應該還不用擔心吧。」

晟生喝了口咖啡，盯著看不慣的獵戶座喃喃自語道。

長期被世人所愛的獵戶座，自那天起永遠失去了右邊肩膀。

# 第二章　五年後的未來

失去主人的蟬殼從墓碑上掉了下來，昴捏起蟬殼，扔到附近的樹叢裡。生前的真夏應該會哭著大聲嚷嚷吧，她很討厭這種大昆蟲。

真夏的墓靜靜地佇立在白金的某座高級墓園中。墓碑前沒有供奉鮮花，只有塵埃和乾燥的香灰。一看就知道好一陣子沒有人來掃墓了。

昴從提桶中舀水打溼墓碑，再用擰乾的抹布仔細擦拭灰塵。他在炎炎夏日的樹蔭下專心地擦洗墓碑。畢竟真夏是女孩子，他就該幫無法行動的真夏將墓碑打理乾淨才行。最後昴在墓前供上極具真夏風格的向日葵，就像為她插上髮飾那樣。

陽光自葉片間篩落而下，這座墓地就像通風良好的寧靜避暑地。昴回想起幾年前他們倆去伊豆旅行時感受到的沁涼快意。

「好想再去一次伊豆啊。」

昴看著墓碑輕聲說道。沒什麼太深的意義，就只是跟深愛的女友提議去旅行而已。只是情侶之間常有的那種平凡對話，真的就只是這樣而已。

他沒辦法將真夏放進過往的回憶之中。他根本不知道自己為什麼會跑到未來，也無法接受蟲洞、時空旅行這些讓世間沸沸揚揚的虛幻理由。他完全不能接受真夏的死訊。

但眼前這一幕，卻在昴的心上狠狠潑了一盆冷水。她已經與世長辭，埋在這座墳墓裡了。

真夏的死因是心臟機能出現障礙的不治之症。昴只從打工處的店長口中輾轉打聽到真夏父親的話，所以對細節不太清楚。

最讓昴驚訝的事實是——在那場事故之前，真夏就已經被醫生宣告只剩一年的壽命了。昴從來沒聽真夏提過這件事，也不知道二〇一九年的聖誕節對真夏來說，會是這輩子最後一次聖誕節。

他們在電車上大吵一架，就這麼分開了。這本該是再平常不過的小爭執，真夏應該也沒料到他們再也無法相見，無法再多說一句話了。如果昴知道這件事，當時就會毫不猶豫地追在真夏後頭跑出電車——

昴在刻著真夏姓名的墓碑前站了好一陣子，連眼淚都流不出來。如今充斥內心的並不是失去摯愛的悲愴，而是喪失半分自我的絕望感。

在遇見真夏之前，昴這一生都在和孤獨對抗。

他出身於單親家庭，每天都代替母親做家務。為了填補母親不在身邊的孤獨時光，昴的廚藝日益精湛。每當母親交到新男友，昴的獨處時間就會增加。對他來說這樣正好，反而有種被賦予工作備受肯定的感覺。他日復一日用料理排解孤單的心情，不知不覺中，「成為廚師」這個夢想漸漸在昴的心中成形。

昴在高一那年暑假開始在「Bel Momento」打工。起初只是因為住在田町站附近的朋友大力推薦，他才會光顧這間義大利麵餐廳。他隨便點了一盤青醬義大利麵，吃下第一口後，他真心覺得以前吃過的義大利麵都是以此為目標粗製濫造的冒牌貨。感覺連他自信滿滿的拿手料理，都被狠狠嘲笑了一番。

手打的生義大利麵口感Q彈，光是麵體本身就稱得上一道料理。鮮綠色的青醬滋味醇厚，吞下肚前停留在舌尖的口感芳香又充滿層次。雖然簡單，卻只能用「絕品」兩字形容。昴當下就決定要來這間店工作。

昴在這間餐廳工作一年後，那年暑假，真夏也來這裡打工了。她是個活力充沛的女孩子，有著日曬的小麥色肌膚，還有一張和「真夏」這個名字相符的耀眼笑容，和膚色相互輝映的清澈眼眸也讓人印象深刻。不知是名字還是季節的影響，昴一看到她，腦中就會響起南方之星的歌曲。

昴奉命教導真夏，兩人之間自然有很多談話機會。昴時不時會用有點搞笑的方式教她，舉凡餐廳內的服務舉止、如何點菜、啤酒機的使用方式、如何有效率地收拾餐盤，甚至是應付有點難搞的午餐客人等等。真夏每次都會聽得放聲大笑，昴就會沾沾自喜地開更多玩笑。所有人和真夏說話時，都會誤以為自己有搞笑天分，但總歸而言，就只是真夏的笑點很低罷了。就算明白這一點，只要真夏一笑，他們的內心深處就會湧現出莫名的自信，甚至更勝於喜悅之情。

昴同時也要負責廚房事務。當他替真夏準備了員工餐時——

「這什麼啊！真不敢相信！未免也太好吃了吧！我以後絕對吃不到比這更好吃的東西了！」

真夏第一次嚐到昴準備的員工餐時，她的表情和說過的每一句話，至今仍讓昴記憶猶新。那只是用現成食材隨便湊合而成的即席奶油培根義大利麵，跟店裡賣的完全不一樣。打從出生以來，第一次有人對他的手作料理給出這麼高的評價。他過去也常煮飯給母親吃，卻從未被如此盛讚過。

真夏每次吃昴準備的員工餐都會瘋狂稱讚，甚至讓昴有點害羞。看來應該是昴的調味方式完全符合真夏的口味。這讓昴非常開心，替真夏準備員工餐也變成他新的樂趣。

昴和真夏當時還是高中生，上班時間幾乎相同，自然會一起下班回家。昴跟幾乎不回家的母親住在大森，真夏雖然是高中生，卻一個人住在品川。真夏的父母在她懂事前就簽字離婚，而她的扶養權歸給父親。真夏的老家位於白金的高級地段，家中經常都有三位幫傭阿姨，是非常典型的有錢人家。她的祖父是足以代表日本的大企業理事，父親也是代表。乍看之下是人人稱羨的富裕家境，但真夏似乎很早就獨立了。她以「每週回家一次」的條件，獲准於高中入學時在外獨居，但別說每週一次了，她整整一個月都沒有回去。

真夏的父親從以前就經常不在家，她幾乎是被幫傭阿姨養大的。說來很不真實，但她好像從來沒吃過父母親手準備的料理。真夏曾笑著跟昴說過：我雖然能得到任何用錢買得到的東西，用錢買不到的東西卻一個也沒有。

硬要說的話，昴應該算是在貧困家庭中長大的，他卻能切身體會真夏的心情。他認為真夏應該也有這種感覺。

不知不覺中，昴已經被拉進真夏的世界裡。回過神時才發現，那個世界中心就只有他們兩個人而已。

真夏每晚都會跟昴通電話，就算當天沒排班也不例外。她是個不甘寂寞的超級膽小鬼，曾經在風雨交加的夜晚隔著電話向昴哭訴她的恐懼。當昴說「妳回老家不就好了嗎」，真夏卻回答「待在老家反而會更寂寞」。

昴本來是個怕麻煩的人，但不知為何，一遇到真夏的事，他就不覺得麻煩了。每到下雨的夜晚，昴總會忽然驚覺，早在真夏打過來之前，自己就已經在等她的電話了。

要回品川站的話，其實也可以搭山手線，但真夏還是堅決跟昴一起搭京濱東北線回家。離開餐廳後，搭電車到品川只須一站，在這段歸途中，昴總會傾聽真夏說的每一句話。從今天發生的事到推特上看到的有趣內容，真夏幾乎無話不談，看上去就像在朗讀流水帳似的。但不知不覺中，昴已經深深愛上這段時間了。

跟真夏一起迎接的第一個冬天，他們像平常那樣一同搭上京濱東北線。真夏對拉著吊環站在她身旁的昴說：

「吶，我們交往吧。」

那一天，電車開過了品川站，真夏卻沒有下車。

※　※

宇宙研究開發機構的研究設施，就位在與高輪GATEWAY站相鄰的建築物中。這件事雖然相當知名，但為什麼要在那種地方建造研究所呢？就算查遍網路也查不出細節。

自願協助該車廂乘客的再偵訊工作，不是警方或鐵路局，而是那個研究所。

那場事故發生後，就有一大群媒體記者擠在家門口，好一陣子都忙亂不堪。昴這輩子當然沒經歷過被媒體包圍的滋味，但真夏的死，讓他的心充滿了失落感。

哪怕只有一點點也好，昴想聽聽更具體的說明，於是前往研究所。

當天搭乘電車的眼鏡男、穿著時髦的女性、以及在博愛座上呼呼大睡的中年男子，不知為何神情焦慮地在櫃檯處等候著。昴環視周遭一圈，照理來說應該還有一個兜帽男，此刻他卻不在現場。昴從網路新聞得知，只有那個兜帽男的行蹤連警察都無法鎖定。他當天會立刻失蹤，或許是有什麼隱情吧。

四人到齊後，研究員向他們遞出名片。名片上寫著「時空控制研究部門」這種陌生的頭銜。

一行人被帶進會議室後，有個男人轉過頭來，對昴他們露出一抹狂妄的笑容。

「辛苦啦，各位。五年後的世界好玩嗎～～？」

聽到那種流里流氣的說話方式，昴馬上就確定他是當天和他們在一起的兜帽男。就是那個迅速協助乘客避難，卻在不知不覺間消失無蹤的男人。

「是、是那個時候的……」女子也發現他的身分，驚訝地眨了眨眼。

「你看，我說他們可以為我作證吧？」

兜帽男這麼說，並對跟我們一同前來的研究員使了個眼色。

「非常抱歉。雖然確定事發當天有第五名乘客，卻沒留下任何證據和資料，足以佐證您就是那名乘客。」

「這樣你們也相信我是乘客了……總之，各位先入座吧。」

兜帽男用一副負責人的口吻，催促昴一行人入座。

隨後，他們從坐在研究員最左側的女性開始，以順時針方式進行自我介紹。

唯一的女性島倉瞳，五年前是二十八歲，從事服飾業。

睡在博愛座的人是牧勇作，四十六歲，自營業。
眼鏡男是神坂晟生，二十五歲，職業是系統工程師。
兜帽男只說自己叫真太郎。
「那個……我看過網路新聞了，這件事真的是受到參宿四超新星爆炸的影響嗎？還有透過蟲洞時空旅行什麼的？」
自我介紹一結束，瞳就緩緩向研究員提問。
以偵訊名義被叫到宇宙研究開發機構這種地方時，聚在這裡的所有人都覺得不太尋常。而且他們自然會聯想到，這起事故或許跟網路上吵得沸沸揚揚的「超新星爆炸」有關。瞳所提出的，正是在場眾人都想詢問的問題。
研究員停下敲打鍵盤的手，看向昴一行人。
「目前還不能斷定……但我們會先將這個可能性納入考量。不過現實是，現階段也無法證明蟲洞的存在。如果兩者確實有關聯，我們也期待能以本次事故為契機，釐清蟲洞的原理。」
「但這種理論真的可行嗎？畢竟我從來沒聽說過有人親身經歷了時空旅行啊。」

瞳不斷追問，彷彿想表達自己難以置信的心情。

「不對，不是這樣。」

開口回答的人並非研究員，而是坐在昴身旁的晟生。

「一九六〇年，美國俄亥俄州發生過一起事故。早已不再使用的舊式飛機，居然穿越時空和西斯納飛機發生擦撞。一九二九年在土耳其出土了一五一三年繪製的皮瑞雷斯地圖，上頭卻詳細描繪出哥倫布尚未發現的美洲大陸地形，甚至連一八二〇年才被發現的南極大陸海岸線都畫出來了。而且，一九九八年也出現過來自二〇三六年的知名時空旅行者，是個名為約翰・提托的男人。這種類型的案例，在世界各地層出不窮。若要說這些案例是否為真，目前仍無法證明，但過去也有許多報告出現這些科學難以解釋的現象。況且老實說，我們就是時空旅行的當事者，就更無法否定這一切一定是假的吧。」

晟生這些話簡直就像科幻電影的劇情。看來不能將這件事當成網友擅自炒作的話題了。假如能透過這起事故釐清蟲洞或時空旅行的原理，不光是日本，應該會撼動整個世界。

「如果可以的話，能否請各位描述一下當時的狀況或感受呢？再瑣碎的細節也無妨。」

被研究員詢問後，昴開始回想事發時的情形。此時，他的腦海中忽然浮現出當時體會到的怪異感受。

「……我看到自己的背影。」

「自己的背影嗎？」研究員複述道。

「雖然很不合理，但我明明聽見瞳小姐的聲音在我身後，她的身影卻出現在我眼前，我還在她身後看到自己的背影。」

研究員敲打鍵盤，同時說出自己的見解。

「或許是時空扭曲的影響。時空扭曲時，光線自然也會折射。所以在蟲洞之中，可能會因為歪曲的光線看到這種景象。」

「我還聽見了不可思議的聲音。」

瞳如此答道。

「就像入口和出口的聲音在蟲洞內發生共鳴。」

晟生接著回答，彷彿要替瞳的描述進行補充。

「是不是還有身體被前後拉扯的感覺？」

聽昂這麼一說，瞳也深有所感似地點了點頭。

研究員興味盎然地做著筆記。

「穿過時空的扭曲地帶時，還會加上『潮汐力』這種力量。據說人類如果掉進黑洞，身體就會被扯得四分五裂，兩者是相同的原理。老實說，如果搭乘電車穿過蟲洞，各位的身體應該會遭受巨大的重力擠壓，不可能安然無事……沒想到居然奇蹟似地生還了。」

「開什麼玩笑！」

就在此時，勇作忽然用力拍了眼前的桌子，猛然起身。

「我不知道蟲洞是什麼鬼東西，但我忽然被捲進列車事故，歷經九死一生回來以後，家裡卻亂成一團！你們要怎麼賠償我！啊啊？應該要給我一筆慰問金吧！」

勇作厲聲威嚇，拚命質問研究員。跟這種男人扯上關係顯然不是什麼好事。

研究員要他冷靜點，他卻充耳不聞，順勢從褲子口袋中拿出一張被揉爛的紙，用力拍在桌面上。

昂小心翼翼地斜眼偷瞄，發現那是離婚協議書。只有妻子的欄位已經署名，勇作那一欄還是空白的。

「我的家庭被這起事故搞成這副德性！啊啊？女兒在我不知情的狀況下有了男人，公司也已經……你們到底要怎麼負責！」

勇作用力拍了好幾下桌面，呼吸變得急促不已。光是這樣還不夠，接著他竟然無視全館禁菸的規定，從上衣口袋拿出香菸點了就抽。神色驚慌的研究員立刻制止了他。

這時，面無表情坐在勇作身旁的晟生，緩緩開口道：

「恕我直言，只要鐵路局並無人為或重大過失，就不會產生賠償責任。這次是無可預測的天災，就算打官司將責任全推給鐵路局，也不會勝訴。」

晟生繼續用淡然的口吻說：

「而且，請看這裡。」

晟生指向刻意放在桌上展示的離婚協議書日期欄位說：

「日期欄位寫著『平成』。這表示您太太極有可能在二〇一九年五月前，就準備好這份離婚協議書了。簡單來說，這起事故跟牧先生的離婚問題毫無干係。」

「什……！」

勇作面紅耳赤地瞪了晟生一眼。

「此外，請您不要隨隨便便就大聲吼人。說話大聲的人，表示他想支配對方使之臣服。我可不記得曾經受您管轄。」

晟生這段近乎完美的辯言，讓勇作皺著一張苦瓜臉，從此閉不吭聲。

「啊哈哈哈哈！晟生小弟，你還真敢說耶。」

真太郎在昴身旁捧腹大笑起來。對任何事都想和平解決的昴來說，這裡的人都讓他非常頭疼。就算不把大吼大叫的勇作算在內，到這個節骨眼還異常冷靜的晟生，以及一看就很古怪的真太郎，都是他平常不會隨意牽扯的類型。

「……不過，至少讓我們回到過去吧，這也沒辦法嗎？」

眾人吵嚷之時，瞳忽然說出這句話。

「我也在這五年間丟了飯碗，周遭環境也變了很多。老實說，我無法接受眼前的現實，所以我多少能理解牧先生的心情。事故發生後，我總是心想，要是能回到過去就好了……」

聽到瞳這番控訴，昴也深有所感。他不要慰問金，只想讓一切恢復原狀。這才是昴來到這裡最想確認的事。他還能不能回到真夏還在世的世界？除此之外，他不奢求其他答案了。知道不是只有自己想回到過去後，昴稍微安心了些。一直大聲嚷嚷的勇作，想必也是同樣的心情吧。

「我也想回到過去。」

昴也忍不住覆議。他只有這個想法而已。好想回到真夏還在世的時代，好想再見真夏一面。那樣大吵一架後就此消失，讓昴感到後悔莫及。這股無處宣洩的憤怒和悲傷，冷冷地在他體內不斷循環，每一天都像行屍走肉。

誰也沒想到未來會演變至此吧。昴一行人面對壓倒性的不可抗力，束手無策地被拋到未來，對他們來說，渴望回歸原點是再自然不過的心情。不是「前往」過去，而是「回到」過去。如果能再搭上那班電車……

「若真有蟲洞存在，我們是不是也能透過蟲洞回到過去？」

研究員的答案卻不如昴他們所願。

「應該非常困難。儘管人造蟲洞的技術尚未確立，但我們會暫時假設此法可行。如果這起事故真的是受到蟲洞影響，可以想見當時那個瞬間發生了多大的能量。而參宿四超新星爆炸，被認定是那股能量的起因。但是請各位想想看，這種可能對地球產生某種影響的天文現象，往後一萬年內是否會再次發生……明白我的意思了吧？」

在場所有人都啞口無言時，晟生用襯衫衣角擦拭眼鏡鏡片，不疾不徐地低語道：

「換句話說，這是通往未來的單程票，對吧？」

研究員緩緩地點了頭。

「在座的各位能平安生還，我們就覺得是天大的奇蹟了。照理來說，那節車廂根本不可能承受蟲洞內的重力，各位卻活著回來了。這件事對往後的宇宙開發非常重要。希望各位能以奇蹟生還者的立場，珍惜眼前的未來，好好活下去。」

在當事人以外的人眼裡，沒有真夏的世界，似乎是充滿奇蹟的美好未來。根本沒有人明白昴的心情。

＊

「你們什麼時候開始用這種機械了！」

勇作一聲怒吼，讓自營工廠內的氣氛為之緊繃。隔了五年，勇作對工廠內部深入調查後，發現體制已經大幅翻新。這裡長年都在進行追求精密性的火箭、天文望遠鏡和潛水艇耐壓殼所使用的零件沖壓及加工工程，特別投入心力的就是加工技術。為了追求完美的精密性，有時候甚至會親手打磨。

但相隔多年再次回到工程現場時，長年使用的那些機械居然全部汰舊換新，還從ＤＮ重工導入了最新型的３Ｄ列印機。

「可是社長，你不在的這段期間，３Ｄ列印機的性能已經有了飛躍性的進化。只要利用對應３Ｄ列印機的次世代陶瓷電氣硬化超合金，不僅能提升交貨速度，還可以製造出擁有地表最強抗壓強度的東西，在耐久性、耐熱性和精密度的表現都相當出色啊！」

在員工當中最讓勇作費心照顧的徒弟松崎，彷彿要辯解般不停解釋。松崎應該從勇作身上學到了各式各樣的技術和知識，如今卻像放棄一切似的，讓勇作心中燃起熊熊怒火。

「根本用不上這些技術，靠之前的機械就綽綽有餘了！引進這種來路不明的材料，導入最新型的機械，這種事讓其他工廠去做啊！我們有自己的做法！一旦用了這些東西，這間公司不就只能製造誰都能做出來的東西了嗎！」

松崎也大聲喊道：

「你錯了！這可不是隨便一間工廠都能活用自如的機械！正因為有社長和我們長年累積的技術，才會誕生出這個機械！我們只是想追尋更牢靠、更精密的加工技術啊！」

「開什麼玩笑！依靠那種東西，人類怎麼可能有所成長呢！」

聽到兩人的爭吵聲後，正在處理行政工作的依子衝了過來。

「拜託你適可而止吧。現在已經跟過去大不相同了。」

跟過去大不相同——勇作實在沒辦法認同這句話。對他來說，依子口中的過去，只不過是幾天前而已。

「少囉嗦！一個個都只會頂嘴！我才是社長！膽敢不聽我的話，就給我滾出去！」

勇作怒氣沖沖地大聲咆哮，卻沒有任何人離開。所有員工都用冰冷的視線狠狠刺向勇作。

被併入ＤＮ重工後，勇作就只是個受雇旗下的社長罷了。他的自尊心彷彿被壓得潰不成形。勇作站也不是坐也不是，咂了聲舌後，自己走出了工廠。

他坐進車內，從胸前口袋拿出香菸叼進嘴裡。發生那起事故後，所有事情都不如意。這讓勇作更加怒火中燒，但爆發後卻換來一場空。他已經受夠這一切了。

回到家後，他脫了鞋，就把超商買回來的中華涼麵扔到桌上。廚房跟桌面都堆滿了雜物。畢竟將離婚協議書交給勇作後，依子就真的離家出走了。

她似乎住在工廠附近的商務旅館。把這件事告訴勇作的人，是他的獨生女優季。

優季是勇作唯一的弱點。知道優季懷孕時，他雖然對依子大發雷霆，卻無法對優季本人像那樣大聲咆哮。從以前開始，不論勇作多麼生氣，只要被女兒唸一句，他就會立刻威嚴盡失。

勇作大白天就一手拿著啤酒，不停切換電視頻道。直到外頭的天色都暗下來了，優季才來看望他。

「啊啊～～居然弄得這麼亂。給我好好收拾啦！」

幾天前，也就是依子離家出走隔天，優季也有到這個娘家露個臉。看到隔了五年才回來的父親，優季一滴眼淚也沒有，反而沒完沒了地批評他對待依子的態度。

像是「如果我是媽，早就跟你離婚了」、「你應該多感謝她才對」這些話。受不了，女人這種生物馬上就會連成一氣。

可是優季被拉到母親陣營之後，勇作就毫無勝算了。

優季的肚子已經明顯隆起。或許因為她本來就瘦，看起來才更明顯吧。勇作吃得亂七八糟的超商便當空盒，被優季捏著其中一角塞進垃圾袋裡。

「爸，再這樣下去，媽真的會一去不回喔？」

「是她自己跑出去的，關我屁事。」

「你看，又馬上把錯推到媽身上。不肯承認自己有錯，媽真的會跟你離婚喔？」

優季走到勇作身邊，說話的同時將桌上的空啤酒罐塞進垃圾袋。勇作不知該如何回答，決定盯著電視繼續默不吭聲。

「跟我老公見一面吧，他很想跟爸打聲招呼。在你失蹤這段期間結婚，我也覺得有點抱歉，但我們已經等了你這麼久，你好歹也站在我們的立場思考一下吧？」

優季上次來的時候，最後也談到這件事。她想介紹老公給勇作認識，但勇作才不會輕易屈服。

如果只是答應要結婚也就算了，都已經擅自將女兒娶回家，他對這種男人還有什麼話好說？要是說「給我馬上離婚！」優季這輩子可能都不會再跟他說話。話雖如此，他也無法隨便同意這門婚事。如今勇作只能用「避不見面」的方式，進行微不足道的抵抗。

在女人眼裡，這可能只是無謂的掙扎。但女兒忽然被搶走的父親是什麼心情，其他人不可能懂。

可是優季肚子裡的孩子依然會迅速長大。勇作忽然覺得，很久以前依子懷著優季的身影，彷彿和眼前的優季重疊了。

「……男的女的？」

優季將垃圾袋的袋口綁緊，回頭問了句「什麼」。

「肚子裡的孩子。」

「……啊啊，你問性別嗎？是女兒。」

又是女兒啊——這句話衝到嘴邊，但勇作硬生生吞下來了。他並不是討厭女孩子。

勇作只是太了解女兒有多難照顧。如果是兒子的話，就可以狠狠踹他的屁股，逼他獨立自主。女兒卻不能比照辦理。

女兒出生後，一直到死為止，父親都得時刻掛心。母親在這方面卻總是秉持樂觀態度。

這個女兒也要為人母了。他當然知道這一天遲早會來，雖然知道……

「爸。」

優季將整理好的垃圾袋集中在房間角落後，忽然停下動作開口說道。

勇作又拿了一罐啤酒，拉開拉環，只用眼神瞥了她一眼。

「雖然局面演變至此，但光是你還活著，就真的該謝天謝地了。爸跟我們都是。」

優季忽然一臉老實地這麼說，讓勇作忍不住皺起眉頭，但仔細想想確實如此。就算勇作在事故中喪命也不足為奇。畢竟他被捲入的這起事故非常嚴重，能平安生還就被視為奇蹟了。

然而，像這樣逃過一劫，真的是該謝天謝地的事嗎？被依子提離婚，女兒落入陌生男人手裡，公司也跟丟了沒兩樣。如果就這麼死了，至少不會像現在這樣被打入絕望的深淵。

最大的不幸，或許就是像這樣活著回來吧。勇作不由得這麼想。

元春粗粗的無名指上，帶著光彩奪目的白金戒指，代表他已經屬於別人了。越想裝作沒看到，注意力就越會集中在那一處。瞳只能發出類似憧憬的嘆息。

*

元春約她在品川的咖啡店碰面。以前他們看完電影後經常光顧這間店，不是因為看電影才順便過來，正確來說，應該是為了吃這裡的肉醬義大利麵才會順便去看電影。他們都很愛吃這道肉醬義大利麵，看完電影之後，會一邊吃麵一邊分享電影心得，再外帶兩片蘋果派回去。這就是兩人固定的約會行程。房租、水電費和餐費這些開銷，平常都是瞳在負責，但不知為何，這種時候元春一定會買單。

天生的花花公子，就是在形容元春這種男人吧。

「瞳吃東西的時候真的好可愛。我可以看一輩子。」

元春用憐愛的眼神看著正在吃肉醬義大利麵的瞳，這麼說道。

只要一句甜言蜜語，瞳就可以原諒他花心又浪蕩的所有行為。

就像幾乎吸收不到水分，在嚴苛環境下培育的番茄會越來越甜一樣，元春的一舉一動都只是為了加深瞳對他的偏愛。男人越不檢點，女人就越放不下，還會擅自產生「他很需要我」這種使命感，結果越陷越深，還夢想這一切遲早會獲得回報。但元春卻滿不在乎地把這種女人當成墊腳石，在別的地方找到了新的夢想。

「我結婚了。」

元春這麼說，宛如少年的眼眸中還浮現出邁向未來的喜悅。以前只要閒來無事就會吞雲吐霧的元春，居然主動跟店員要求禁菸座位，讓瞳震驚不已。

據元春所說，跟他結婚的似乎是現在工作的服飾店的客人。那天在家裡看到的也不是元春的親生孩子，而是比瞳大三歲的妻子帶來的拖油瓶。這個事實將瞳傷得更深了。

因為懷了小孩，才不得已奉子成婚——如果聽到這個理由，她還能接受。可是元春卻刻意選了個有小孩的女人，決定跟她結婚。過去只會忠於自我慾望的這個男人，竟然會為了心愛的人，成為毫無血緣關係的孩子的父親。瞳根本沒辦法讓元春做出這種轉變。這一點最讓瞳心如刀割，銳利的刀刃狠狠貫穿了她的胸口。

過去她對很多事都睜隻眼閉隻眼，為自己找藉口，認為她年紀比較大只好妥協。儘管被元春耍得團團轉，她卻想認同如此可笑的自己，對此深信不疑。

然而事實並非如此。對元春來說，瞳就跟過去那些女人沒兩樣。元春不可能為了讓她得到幸福，不惜捨棄自己的慾望。

元春早就將瞳撇得一乾二淨，聽到他說起此刻的決心，瞳的心中並沒有湧現一絲怒氣。如果生氣還有用也就算了，她知道自己已經被元春當成過去的女人，說再多也無濟於事。如果立場對調，元春忽然失蹤，根本不確定會不會回來，自己有辦法等上五年嗎？一定不行吧。所以今天她完全無意挽留。能夠主張和他共度未來的權利，在這五年之間，不，或許早在交往的那一刻起就已經消失了。

「你愛她嗎？」

明知道只會落得一身傷，瞳還是問了。反正都會受傷，她想傷得透徹。雖然對元春來說是五年的時間，但瞳只覺得分開了幾天而已。倘若這段感情被硬生生斬斷，再也無法破鏡重圓的話，她就不得不承認這份愛情已經結束了。

「嗯，很愛。」

元春口中的「愛」，過去她已經聽了無數次。當時那些甜言蜜語當然都是對瞳說的，可是現在這句話明明跟過去相同，話中的重量和深度卻截然不同。「真命天女和其他女人」的差別，被濃縮在短短的一句話中。儘管知道元春這句話不是對自己所說，瞳還是忍不住心動。

她嘆了口氣。過去她有被誰像這樣放在心上疼惜過嗎？根本沒有。真可悲，居然能說得這麼篤定。

這份戀情不只已經畫下句點，甚至穿透自己的存在消失殆盡。為了逃離母親的掌控，離開鄉下老家來到東京，誓死守護至今的尊嚴，已經被徹底打碎了。或許母親說的那些話未必是錯的。

（妳太看得起自己了。難怪連嫁都嫁不出去。）

母親說得對。要是她回到鄉下，安分守己過日子，參加相親，跟願意接納自己的體貼好男人結婚，可能會過得比較幸福。

「啊，對了。妳有空的話，要不要來參加婚禮？我們訂在一月五號。如果能得到小瞳的祝福，我會很開心的。」

瞳懷疑自己是不是聽錯了。邀請前女友參加婚禮，根本不是正常人會做的事，但元春就是會若無其事說出這種話的男人。他根本沒想過婚禮可能會被瞳鬧得天翻地覆吧。真受不了這個天真的蠢貨。他到底以為瞳是多明事理的女人呢？

儘管啞口無言，瞳還是回答「可惜我有約了」。她那天當然沒事。但要是回答「我才不去」，感覺就輸了。她心有不甘，根本說不出口。

他們點的肉醬義大利麵現在才送上來，瞳一點食慾也沒有。不對，踏進這間店以後，她就毫無食慾可言，但她不想被元春發現，不想讓元春覺得自己是會因為失戀這種小事就食慾全失的可悲女人。但現在光是聞到肉醬義大利麵的味道，她就快要吐出來了。以前雖然對這裡的肉醬義大利麵讚不絕口，但她恐怕不會再來吃了吧。只要來這裡，就一定會想起元春，最後只能味如嚼蠟地吃掉這盤無味的義大利麵。當時之所以會覺得這麼好吃，一定是一無所知的自己，在元春身邊嚐到了幸福的滋味吧。

瞳硬著頭皮把麵吃完了，這樣賭氣的自己感覺更加悽慘。胸口雖然傳來火辣辣的痛楚，但她堅信是塔巴斯科辣椒醬造成的胸口灼熱，努力撐了過來。

這頓飯由元春買單。今天瞳本來想自己出錢，但她去廁所的時候，元春就已經把帳結了。他是什麼時候學會這種招數的呢？一思及此，腦海中的妄想只會越來越猖狂，於是瞳決定放棄思考。當元春問她「要不要外帶蘋果派」時，她還是拒絕了。她不知道該用什麼心情品嚐蘋果派，搞不好還會把蘋果派當成元春留給自己的禮物，就這麼放到爛掉為止。

「不過小瞳，妳還真了不起，居然穿越時空耶，現在可是紅翻天了。對了，小瞳的年紀沒有增長，所以現在是我比妳大嘍？」

感覺好奇怪喔——元春笑著這麼說，並往車站走去。瞳走在他身後。

來到品川站的剪票口前，元春看著瞳說：

「小瞳，妳失蹤後的這四年，我都沒辦法交到女朋友。當時我才切身體會到，原來小瞳真的幫了我很多忙。所以我想跟妳說聲謝謝。要幸福喔。」

元春說這些話，應該是想替瞳打氣吧。這四年來他想必也是遊手好閒，但時不時想起瞳的時候，或許也會覺得有點感傷。

但對瞳來說，這是最致命的一擊。交往了四年，瞳根本連結婚的念頭都不敢動，元春卻完全相反，跟現在這個女朋友交往不到一年就決定步入禮堂。瞳原本想將失戀的原因嫁禍給那起事故，如今也無計可施了。

「元春，你也要幸福喔。」

瞳的嗓音在顫抖。到這個節骨眼，還要演出毫無留戀的大姊形象，瞳打從心底厭惡這樣的自己。她真正想說的，並不是這種帥氣的道別。

為什麼沒有等我？我跟她到底差在哪裡？當時你說的話都是騙人的嗎？騙我也無所謂，留在我身邊吧。拜託不要拋下我。我還很愛你。再跟我說一次我愛妳啊！

瞳對穿過剪票口的元春揮揮手，咬緊下唇拚命忍耐。元春頭也不回地走下通往月台的階梯，瞳還期待他身影完全消失的那一刻會不會有奇蹟發生，但卻什麼事也沒有。

這樣就結束了。瞳將揮舞的手放下，那種沒勁的感覺，就像夢境走到終點似的。到現在這一刻為止，元春明明還在她身邊，但分開的那一瞬間，兩人生活的世界彷彿就被劃分得乾乾淨淨。瞳不死心地再次閉上眼睛，卻再也看不見未來了。從今往後，將是和方才截然不同的世界。

瞳彷彿要將吸附在地面的腳抽離一般，踏上來時路。

事故發生後，她回到靜岡老家，隔天就開始陸續聯絡當天可入住的物件，最後搬進了品川站附近的月租型公寓「蕭邦品川」。屋中附有全套家具，她把放在老家的那些紙箱原封不動地重新運過來，宛如躲進避風港般展開了新生活。只要解掉定存，應該可以安然無恙地住上半年吧。話雖如此，她也得馬上找到工作才行。她原本心想：看是要打工還是怎樣都行，最後還是對公司品牌和地理位置挑剔了起來。或許在無意之間，她還是想設法填補殘破不堪卻又難以割捨的自尊心吧。

她走出品川站高輪口，沿著柘榴坂直走，在格蘭王子大飯店右轉後，有個熟悉的面孔忽然闖入了她的視野。

那個男人在道路中央蹲下身子，在腳邊的大型皮革波士頓包中翻找著。

不知為何，看到他的那一瞬間，瞳心中浮現出「得救了」的感覺。在車站和元春道別後，只有她四周的空氣變得越來越稀薄，讓她幾乎要窒息。那個人的出現，就像新吹來的一股涼風。

「你是……晟生先生吧？」

瞳忍不住跑到他身邊開口喊道。現在要是不跟他說上幾句，感覺就要死掉了。

晟生轉頭看了瞳一眼，立刻慌張地扣緊包包站了起來。

「……不好意思，我現在遇到了緊急狀況。能不能陪我一會兒？」

晟生的臉被西沉的夕陽染得通紅一片。瞳忽然抓住他的手臂，苦苦哀求道。

儘管晟生一臉困惑，瞳卻完全不給他拒絕的權利。

＊

瞳說遇到了緊急狀況後，就硬是把晟生帶到了大眾居酒屋。店門口罩著透明的隔熱簾，外面還設有以啤酒桶為椅的露天座位。

晟生第一次來到這種酒吧。他看了看四周，實在覺得吃不消。整間店吵得要命，旁邊的人還因為沒頭沒尾又毫無邏輯的話題笑得東倒西歪。為什麼要這樣浪費時間呢？晟生實在無法理解。

瞳跟路過的店員點了第五杯梅酒沙瓦，在啤酒桶上搖來晃去。晟生以為她會跌倒，準備起身攙扶，但瞳自己重整姿態，並將手肘靠在桌子上。露天座位沒有冷氣，卻有夏日晚風拂過，吹動了瞳的一頭長髮。

連這種事都要當成緊急狀況的話，日常生活的各種瑣事也都算是緊急狀況吧。晟生雖然覺得自己被騙了，當時卻也無意拒絕。如果有人用那種眼神苦苦哀求，哪怕是再壞的人，至少都會站著聽她說完吧。

「啊，對了。妳有空的話，要不要來參加婚禮？……是怎樣啊！他居然好意思當著我的面說這種話！你也這麼認為吧？晟生先生！」

看到瞳開始口齒不清的樣子，晟生忽然意識到，這是他第一次和女性單獨用餐。他默默心想：真不想把這次經驗當成初次約會。

起初瞳單方面地跟他說「得趕快找工作」之類的話題，但隨著時間經過，酒也過三巡之後，話題就變成抱怨剛分手的前男友了。這大概才是她說的「緊急狀況」的正題吧，還真會小題大作。晟生喝著裝在啤酒杯裡的冰咖啡，默默在心中擬定脫逃計畫。

「既然女朋友失蹤五年，期間交一、兩個新女友確實無可厚非啦，但應該有更好的說法吧。居然還一臉爽朗的樣子，啊啊～～臭小子！我絕對不會讓你好過！在我得到幸福之前，你也別想幸福——！」

瞳將啤酒杯高高舉起，開始大呼小叫，活像示威群眾的隊長。

「那個，島倉小姐，妳喝多了……」

晟生開口勸阻。與其說是擔心，他反倒懷疑瞳會不會覺得丟臉。

「島倉？直接叫我的名字瞳就好啦！年紀比我小，講話還這麼臭屁！來，晟生！你也喝一杯啊！」

瞳這麼說，並將店員剛好送上的梅酒沙瓦硬是推給晟生。

晟生請店員拿杯冰水過來，放在瞳面前。可能因為跟酒一樣裝在啤酒杯裡，她以為那杯是酒，不假思索地一飲而盡。

過了一會兒，情緒躁動的瞳終於冷靜下來，像是想起什麼似地開口問道：

「喂，晟生先生有女朋友嗎？」

「沒有。」

「空窗多久啦？」

「我有必要回答這個問題嗎？」

「啊，難道你是母胎單身？」

晟生閉口不語，瞳就露出洋洋得意的壞笑說：我猜中啦！

晟生站起身說「我要走了」，瞳連忙說了好幾次「對不起」，像下跪磕頭般拚命道歉。

「我實在說不出什麼厲害的話。到頭來還是沒體會過真正被愛的滋味，老是跟渣男交往。」

瞳將瀏海往上撥，隨後托著腮幫子嘆了口氣。晟生心想：瞳可能很認真在煩惱吧。她那時而流露出悲壯感的側臉，跟某人似曾相識的哭臉好像。如果他當時也像這樣對自己抒發情緒的話，或許就不會看到他一個人孤單吹泡泡的模樣了。

「會選擇渣男的女人，應該也沒好到哪裡去吧。」

晟生說完，瞳就瞪大眼睛，接著用力地皺緊眉頭。晟生不但沒有惡意，還打算好好跟她商量煩惱。

「……說得還真狠。你什麼意思啊。」

瞳的聲音低了一階，瞇起眼睛露出不服氣的眼神，嘟起嘴巴問道。

「妳為對方犧牲太多了吧……瞳小姐？」

晟生對直呼女性名字有些抗拒，但因此又被找碴的話也很麻煩，他才下定決心說出口。

但瞳完全沒放在心上，只歪頭問了句「犧牲太多？」

「瞳小姐，妳應該只想找個人依賴自己吧。因為對自己沒自信，想要成為某人必要的存在，才會產生依存心態，為對方犧牲奉獻。這麼做就能滿足自我認同的慾望，妳就是俗話中典型的無用女。弱小的人得成為某人必要的存在，否則無法生存。不過，瞳小姐因為太沒自信，就為對方付出一切，這樣也不太好。妳要拿出自信，跟對方平起平坐，認同彼此。他並不是妳的所有物。如果妳能理解這一點，衷心祝他幸福的話，應該會輕鬆許多。」

聽到晟生說出客觀分析的意見後，瞳頓時像個洩了氣的皮球。

「……我從以前就很沒自信了，事到如今怎麼拿得出信心啊。」

「沒這回事。」

「你怎麼能說得這麼肯定？」

「因為和別人相比，才會失去信心。可是和外貌迥異、人生之路也截然不同的人相比，又有什麼意義呢？首先妳得明白，這樣根本不會得到任何結果。自己的敵人不是別人，應該是理想中的自己。無法愛自己的人，也無法發自內心去愛別人。這種人的愛，到頭來就只是渴望他人認同的自我滿足罷了。所以，妳要對自己更有信心一點。」

瞳有些賭氣地說：可是建立自信哪有這麼容易啊。

「建立自信的方法很簡單，只要去嘗試以前沒做過的事，讓不可能變為可能。培養興趣也好，到從來沒去過的地方走走也可以。體驗和經驗，跟自信絕對是密不可分的。」

我幹嘛回答得這麼認真啊？晟生忽然覺得很丟臉，為了排解尷尬，他拿起放在眼前的梅酒沙瓦喝了一口。他的酒量不太好，也沒什麼機會喝酒，但味道滿不錯的。酸味和碳酸的清爽口感，正好適合夏日悶熱的氣溫。

晟生原以為瞳又要反駁，結果她沒有繼續追問。她或許察覺到了什麼。

相對地，她微微揚起嘴角說：晟生先生，你比我想像中還要體貼耶。

「吶，晟生先生。」

瞳在桌子上探出身子，隨後突然將晟生的眼鏡一把搶走，心滿意足地點點頭說：晟生先生，你戴隱形眼鏡一定比較好看。

「我不在乎別人怎麼看我。」

晟生看著臉部輪廓模糊不清的瞳，伸出手掌討回眼鏡。

「別人要怎麼看是他們的事，但只有自己能打扮自己啊。」說完，瞳將眼鏡還給晟生。

就在晟生不知該如何回答時，瞳用手將長髮梳攏成一束，用掛在手腕上的髮圈綁了起來，輕輕說了一句：「其實啊。」

晟生從瞳的無袖上衣袖口處瞥見了汗涔涔的肌膚，急忙轉開視線，像是看見了什麼不該看的東西。

「他的結婚日期，就是我們交往的第一天。交往至今都沒有好好慶祝過，所以我也沒放在心上。但他居然選在交往紀念日那天結婚，我只覺得他在整我。當然，這也可能只是單純的巧合，但從今往後，一月五日不再是我們的交往紀念日，而是他們的結婚紀念日。一想到這裡，我就更搞不懂自己的立場了。」

瞳聳聳肩，勉強自己扯出笑容，晟生看著她卻有些困惑。他們只是毫無關係的陌生人，自己怎麼會對她的失戀故事產生同情心？一定是喝了不習慣的酒才會如此。

「真不好意思，忽然把你拖過來聊這種事。別看我這樣，我平常超會顧慮別人的觀感。但不知道為什麼，在晟生先生面前就能展現出真實的自我。謝謝你，幫了我一個大忙。」

晟生低聲說了句「沒什麼」，並感覺到過去從未體會過的狂亂心跳聲。

「吶，以後可以再找你喝酒嗎？啊，把電話號碼告訴我吧！我現在打給你，響一聲就掛掉，可以嗎？」

可能是醉意使然吧，晟生沒有拒絕。他跟瞳交換了電話號碼，甚至連平常鮮少使用的ＬＩＮＥ帳號都給了。收到瞳傳來的神祕土偶貼圖時，他不禁露出苦笑。

他好久沒有體會這種毫無作為的時光了。雖然不像他會做的事，沒想到感覺還不賴。準備回家時，晟生看了看時鐘，發現時間過得比想像中還要快，讓他有些驚訝。他此刻的心情難以言喻，只要一看到瞳，就會變得難以呼吸。但不知為何，又會想再多看她幾眼。

跟瞳分開後，晟生在回程路上又把方才的情景重新回想一次，像在複習似的。剛剛聊的全是微不足道的話題，複習這些內容對自己一點幫助也沒有。可是瞳的表情、嗓音和舉止，都在腦海中一一浮現。晟生打開手機，點開剛才的ＬＩＮＥ聊天視窗。這麼說來，他沒有給出回覆。是不是該回點什麼才對？

傳「今天很謝謝妳」感覺也怪怪的。畢竟硬要說的話，應該是晟生捨命陪君子才對。如果傳「加油」的話，前男友都已經要結婚了，瞳也不想對他付出什麼努力了吧。這種時候就曝露出自己毫無經驗的缺點了，他這麼心想並嘆了口氣。必須有過類似的經驗，才能給出貼心的回答。

走到公寓前，晟生無意間抬起頭，頓時停下腳步。

晟生家裡應該沒人在，卻有光源從陽台流瀉而出。微微擺動的窗簾後方陸續飛出了藍白色的泡泡。晟生目瞪口呆地杵在原地，飛向空中又緩緩落下的泡泡，「啪嘰」一聲在他眼前破裂消失了。

他的情緒頓時潰堤，急忙衝上樓梯，用顫抖的手握住門把。

大門沒鎖，玄關口還放了一雙陌生的男鞋。晟生脫下鞋子，躡手躡腳地打開客廳的門。

有個拉起兜帽的男子坐在椅子上，不停往陽台外吹泡泡。發現晟生回來後，男子連人帶椅地轉向他，勾起一邊嘴角笑道：

「嗨，兄弟……近來可好？」

*

晟生還是想不起真太郎這個人是誰。他一反常態，安安靜靜地呆站在門後。

「咦？臉也太紅了吧，難道你剛約會回來嗎？」

真太郎可能想讓他緩解情緒，晟生的表情卻只是越來越僵硬。這也難怪。假如有人在自己出門時擅闖進來，當然會是這個反應。

「喂，杵在那邊幹嘛？這是你家耶，可以輕鬆一點啊。」

真太郎指著放在對面的沙發。沙發上放了一疊厚厚的書，而且房間各個角落都被電子儀器淹沒。雖然他是擅自闖進來的，但這個房間確實不太尋常。

「不過，你的房間也太誇張了吧，到處都是電線。你蒐集這些可疑的機器到底想做什麼？」

真太郎把吹泡泡的道具放在陽台上，再次回過頭來。

「你是真太郎先生吧？你為什麼，應該說是怎麼進來我家的？」

晟生提著那個大型的波士頓包這麼問，態度依舊警戒。

他好像只記得真太郎的名字。但那是因為真太郎也是那班電車的乘客吧。在真太郎的認知中，晟生不會喊他「真太郎先生」。

「……我說你啊，真的不記得我了嗎？」

聽到這個問題，晟生疑惑地蹙緊眉頭，目不轉睛地看著真太郎。

難怪他沒辦法馬上意會過來。真太郎最後一次見到晟生時，晟生才十歲。經過十五年的歲月，雙方的外表都變了許多。真太郎雖然覺得晟生很面熟，但也是從新聞中看到他的名字才能確定。

「好淒涼喔，我們明明是吃同一鍋飯長大的耶。」

真太郎發出哀嘆。聞言，晟生的表情驟變。

是「那傢伙」的弟弟。說到這個份上，他應該馬上就發現了吧。

「……阿真？」

真太郎拍拍手說了句「太慢了吧」，並揚起嘴角。

兩人第一次見面時，晟生三歲，真太郎十一歲。父母因為車禍離世後，他住進了真太郎所在的養護設施。晟生有個叫陽生的哥哥，跟真太郎同年。起初真太郎非常討厭他們。對於剛出生就被送到養護設施，連爸媽的長相都沒看過的真太郎來說，儘管時間短暫，但被父母深深愛過的這些人，他都厭惡至極。

他尤其討厭這些父母遭逢意外，逼不得已才被送過來的人。這些傢伙幾乎都會在心裡藐視真太郎這種被父母拋棄的孩子，覺得他們很可憐。

舉例來說，他們會洋洋得意地炫耀父母，這一點真太郎就無從仿效了。還會故意展示父母的遺物，想表達自己是這群孩子中特別的存在。雖然真太郎覺得他們很蠢，卻也無法抹滅羨慕的心情。

不知不覺間，這種感情演變成憎惡。在養護設施內，真太郎也是個問題兒童，時不時還會被抓進警局。

真太郎聽到風聲，得知兩人來到養護設施的日期。但那天真太郎在街上發生衝突，被設施職員從警局帶了回來。真太郎跟正在辦理入住手續的陽生對到眼，就馬上揮開職員的手，揪住陽生的胸口放狠話。

「看屁啊，臭小鬼。」

這麼做的話，大部分的人都會對真太郎避之唯恐不及。真太郎不想被這種跟自己同年，過去卻被父母深深愛過的人瞧不起。

但陽生和其他人不一樣。

隔天，陽生獨自來到真太郎身邊說：「我想變強。」

我想得到足以守護珍貴事物的力量。我不能原地踏步，我想變得更強，好好保護弟弟。所以，請你教教我如何變強。

看到陽生堅毅無比的眼神，真太郎才第一次發現自己搞錯了「強大」的意義。真太郎心中那把歪曲的刀總是見人就砍，但那把刀不是用來傷害他人，而是該守護某個人才對。

從此以後，真太郎的生活有了一百八十度大轉變。他不再只會打架，動不動就傷害他人。不知不覺間，真太郎和陽生已經變成公認的摯友。在十八歲離開養護設施之前，他們每天都玩在一起。陽生對弟弟晟生百般疼愛，日子久了，連真太郎都把晟生當成親生弟弟一樣細心呵護。

兩個男孩子意見相左時，也會吵架和互毆。大致上來說，比拚蠻力時真太郎絕不會輸，但比智慧的話，他從來沒贏過陽生。因為陽生有個夢想，為此，他無時無刻都在認真讀書。

老實說，陽生第一次跟他吐露那個夢想時，他覺得不可能實現，但陽生沒有放棄。如果真太郎提出問題點，陽生隔週就會整理出改善方案，接二連三地蹦出新點子。他總是用認真的目光，直盯著夢想實現的未來。曾幾何時，真太郎也開始相信這個夢想可以實現，沒有一絲懷疑。

年滿十八歲離開養護設施時，他們做了個約定。

【等彼此的夢想都實現之後再見面吧】。

真太郎想變成有錢人。而陽生沒有瞧不起他的夢想。

存款數字早就破億的真太郎，可以說是美夢成真了吧。再來只要繼續存錢，等陽生實現夢想就好。

陽生的夢想成真時，就會立刻爆出席捲全世界的大新聞。不管身在何方，應該都能馬上察覺。真太郎抱著這份確信，一直等到今天。

「晟生，你從以前就很愛撒嬌，我看你現在應該還跟哥哥住在一起吧？畢竟離開設施後已經十五年沒見了，知道你就是那個晟生的時候，我還興奮地大叫呢。」

真太郎回想起各種令人懷念的記憶，不自覺勾起嘴角。

「那也是你們搞出來的吧？」

不發一語低著頭的晟生，低聲問了句：「什麼東西？」

「你還問我，就是時間旅行啊。在那起事故中，晟生居然跟我碰巧搭上同一班車。怎麼想都很奇怪吧。」

「我什麼也……」

「又來了，想瞞我也沒用。畢竟我是全世界最了解你們的人嘛。對了，陽生什麼時候回來？」

晟生陷入沉默。他緊閉雙唇，似乎在忍耐什麼。

「喂，我說陽……」

「……哥哥他，已經死了。」

真太郎花了一段時間，才聽懂這句話的意思。

真太郎聳聳肩，動作滑稽地說「你在耍我啊」。晟生卻看也不看，靜靜地搖搖頭。

陽生死了。再也沒辦法跟真太郎見面了。

他根本沒想過會發生這種事。肺部好像破了一個洞，讓他無法順利呼吸。

晟生告訴他，陽生二十九歲時因為心臟衰竭離世，是那起事故前四年的事了。

真太郎完全想不起來四年前的自己在做什麼。在這個世界上，陽生應該是唯一一個跟他擁有超越血緣的堅定感情的人，但他卻沒有參加陽生的葬禮。

「……原來那傢伙死了啊。」

感覺太不真實了。他的腦海中浮現出陽生十八歲時的耀眼笑容，裡頭完全感受不到一絲死亡的預兆。

真太郎變得悵然若失，晟生從廚房裡端了咖啡給他。就算真太郎不請自來，晟生似乎還是決定先招待他。

真太郎用呆滯的眼神盯著晟生的模樣，再次心想：他真的長大了。有著堅挺鼻尖和白皙肌膚的醒目側臉，充滿了陽生的影子。可是，陽生心中那份明朗的性格，晟生似乎沒傳承到半分。不對，以前的晟生是個笑臉常開的可愛弟弟。最愛的哥哥死去後，他的心一定被塗成一片漆黑了吧。

晟生將桌上的機器稍加整頓後，把香氣四溢的咖啡放在真太郎眼前，也放了自己的那一杯。隨後，他在沙發空出的縫隙中淺淺坐下。

他加了一包半的糖。這種拘泥小節的部分，果然跟陽生一模一樣。陽生也會在瑣碎小事上有些奇怪的堅持。

小學的時候，設施裡偶爾會發放五百日圓硬幣，讓他們去買喜歡的零食。真太郎總會毫不猶豫地用這五百日圓去買刮刮樂，相較之下，陽生會將五百日圓全都拿去買零食，花到一圓也不剩。真太郎說：「你是個小學生耶，怎麼這麼奇怪啊。」陽生回答：「你跟平均值的偏差也超過三個標準差啊。」

陽生的答案讓他聽得莫名其妙，這大概是數學家的笑話吧。簡單來說就是「你也是個怪咖」。

真太郎婉拒了晟生準備的糖包，直接喝黑咖啡。這是一杯口感滑順的美味咖啡。陽生年輕時，就常常在想沉澱心情的時候喝上一杯呢。真太郎心情鬱悶地想起這件事，覺得自己好可悲。

晟生沖泡的咖啡，稍稍治癒了真太郎動搖的心情。

「這次的事故，真的不是你搞的鬼嗎？」

晟生點點頭。明明在自己家裡，他卻端坐在沙發上，將膝蓋併攏。

「引發參宿四超新星爆炸這種事，我怎麼可能做得到啊。」

「那，真的只是偶然嗎？」

晟生再次點頭，卻有些支吾其詞，彷彿還有事情沒說。

「晟生，你有事瞞著我吧？」

真太郎將身子往前傾，盯著晟生的臉問道。隨後晟生緩緩起身，將放在客廳門邊的皮革波士頓包拿了過來。

這麼說來，不管是事故當天，還是研究室中，晟生都是包不離身。他該不會帶著陽生的頭蓋骨到處走吧——真太郎忍不住繃緊全身，但包包裡放的並不是那種東西。

讓真太郎看過內容物後，晟生跟他坦承了某個祕密。

「那一天，我知道那班電車會飛往未來。」

或許是下意識的影響吧，晟生藏在眼鏡後方的那雙眼睛，像極了過去描述夢想的陽生。

## 第三章　高輪GATEWAY站的祕密

藝人的外遇醜聞，讓昴一行人的事不知不覺間失去了熱度。這讓昴再次感受到，世上的悲劇和動人軼事，總會因為這種不痛不癢的事情逐漸被淡忘。

都已經過了秋分，夏日的燠熱依舊不見止息。前幾天他才剛聽到新聞，埼玉的部分地區出現了超過三十五度的高溫。

即使過了五年，昴的母親還是老樣子。事故發生後，昴回到家發現自己房裡出現了陌生男人的私人用品。看樣子她應該趁兒子不在的期間讓男友住進家裡來了。昴平安生還後，男友急急忙忙搬了出去，母親似乎也緊跟著他的腳步，幾乎沒有再踏進家門一步。母親頑強的態度，讓昴不禁懷疑起她當時為什麼會流淚。事到如今，昴也不恨母親。

再次回到「Bel Momento」工作的昴，完全不排休，展開了工作滿檔的生活。店長始終相信昴會回來，所以將他以前放在置物櫃裡的制服原封不動地保留在裡頭。

他現在只想極力減少獨處的時間。如果有那麼一瞬毫無防備的空檔，他就會一直想起真夏。假如他苦苦掙扎，問題能順利解決的話就好了，但他根本不能為已經離世的人做些什麼，只能被無處宣洩的絕望狠狠吞噬。

他總有一天也會慢慢習慣失去了真夏的職場吧。甩動鍋子的時候、看到情侶客人的時候、吃員工餐的時候、在置物櫃前換衣服的時候、真夏的面孔都會讓他苦不堪言。

事故發生後，週刊雜誌記者偶爾會找到店裡來對昴問東問西，但他沒有對任何人提起真夏的事。他不想讓記者把這件事寫成某某藝人那種充滿悲劇性的羅曼史。

晚上十一點多，馬上就要下班了。昴在廚房洗好碗盤，走到大廳準備替新來的客人點餐。

「這不是昴嗎？咦，你在這裡上班喔？」

昴原本沒有細看客人的臉，被這麼一喊之後才首次抬起頭。坐在最裡面那張四人桌的人是瞳，坐在她對面的則是同樣搭上那班電車的晟生。晟生今天也把那個大波士頓包放在椅子上。

這兩個人怎麼會一起來呢？昴交互看了他們一眼，忽然闖進腦海的資訊讓他有些混亂。不一會兒，瞳將一隻手舉到面前說「啊，你誤會了」。看來她似乎覺得昴在懷疑他們的關係。

「因為一些原因，我們才變成酒友啦。聽說這附近有間很好吃的義大利麵店，沒想到昴居然在這裡上班，嚇了我一跳！我們這些人說不定很有緣喔。」

瞳應該早就在別的地方喝過才來的吧，說話的時候語尾有點飄。他們是什麼關係與昴無關，但看晟生的樣子，應該是被瞳硬拖出來的吧。兩人的情緒完全不同，從客觀角度來看，也有種揮之不去的怪異感。

瞳點了肉醬義大利麵和白酒，晟生點了蒜炒義大利麵和熱咖啡。昴把飲料端過去時，店長告訴他可以下班了。店長在瞳跟晟生面前說出這句話時，昴就有股不祥的預感。

「咦，昴要下班啦？那我們三個一起喝嘛！」說完，瞳的眼睛都亮起來了。

她果然喝醉了。昴雖然搬出「要趕末班車」這個藉口，瞳卻硬是將昴拉到隔壁座位上，機靈地提議道「那就喝到首班車發車為止」。上次見面時，昴還覺得她是個舉止更加成熟的女性。可能是因為黃湯下肚，她今天整個玩瘋了，簡直判若兩人。

他還在跟瞳爭辯不休的時候，晟生默默地在咖啡中加了一包半的糖，用優雅的動作攪勻。

只能做最壞的打算了。昴自己倒了一杯啤酒過來，跟兩人乾杯。

他們今天之所以會出來喝酒，好像是要慶祝瞳找到新工作了。話雖如此，瞳把晟生約出來依然是不爭的事實。瞳對端上桌的義大利麵讚不絕口，並聊起之後要在花店上班的事。

「我再也不想過老是在意他人眼光的生活了。要說那起事故有什麼意義的話，就是我透過這個轉機，讓自己變成充滿自信，由內而外散發光芒的好女人。喏，不是有句歌詞說『花朵之間不會爭奇鬥艷』嗎？我也想向這種精神看齊。」

說完，瞳似乎對晟生使了個眼色。這句話頓時讓昴的內心變得陰鬱。她竟然已經要用積極的態度接受這個未來了。昴有種遭到背叛的感覺。

她之前在研究室時還哀怨地說「好想回到過去」，難道這個願望這麼輕易就能被切換掉嗎？至少昴沒辦法馬上贊同。那起事故有什麼意義？透過這個轉機？她在說什麼啊。那起事故能有什麼意義？跟真夏天人永隔又有什麼意義？昴心想：我現在還是希望可以倒轉時光回到那一瞬間。「時間會解決一切」這種話，只適用於時間真能解決一切的單純煩惱。昴的時間從事故當天就已經停止了，像個永遠失去秒針的時鐘，孤零零地懸在心裡。

「我現在也很想回到過去。我還不想放棄。」

兩人抬起頭看向昴。

「如果時光機能在遙遠的未來問世，我一定會回歸原處。」

昴用力握住啤酒杯這麼說。

「昴，你為什麼這麼想回去啊？」

被瞳這麼一問，昴猶豫自己該不該據實以告。就算回答了，這也不是瞳能解決的問題。就算瞳道了歉，得到她的憐憫，真夏也不可能重返人世。

「是因為女朋友嗎？」坐在斜前方的晟生忽然開口問。

沒想到會被他猜中，昴下意識回了句：「你怎麼知道？」

「那天我在電車上看到你們了。」

聞言，昴也想起來了。那天晟生目睹了他跟真夏吵架的過程。既然都被看見了，也沒必要刻意撒謊。於是昴放棄抵抗，微微頷首。

「難道是女朋友交到新男友了？那就跟我一樣，而且我前男友還結婚了呢。但晟生先生告訴我，如果能主動割捨，祝對方幸福的話，就會好過一些。」

昴不禁苦笑起來。如果未來真夏能跟別的男人幸福度日，那該有多好啊。倘若能看一眼真夏二十五歲的模樣，他也甘願開開心心地葬送自己的幸福。只要她還活在世上——

瞳百思不解地盯著昴沉默的側臉。

「……她在我失蹤的這段期間過世了。」

昴感覺到現場的氣氛驟變。忽然降臨的沉默，似乎讓店裡播放的背景音樂放大了幾分。過了一會兒，他聽見瞳小聲說了句「對不起」。

「那天搭上電車後，直到最後一刻，我們都還在一起。要是當時我追著她一起下車就好了，我不知為此後悔了多少次。往後，我的時間還是會靜止不動。除非哪天我回到過去再見她一面，否則這份懊悔永遠不會平息。」

昴的腦海中浮現出真夏最後那泫然欲泣的表情，胸口隱隱作痛。

「……時間的概念並非人人皆同。」

晟生忽然開口說道。

「時間會因為物體的質量和速度產生變化。舉例來說，站著不動的人跟搭乘新幹線的人相比，後者會以些微差距往未來前進。透過時間膨脹這個現象，在靜止的物體看來，移動中的物體時間流速會變慢。而且重力越人，時間前進的速度也越慢。從外面觀看重力被放大到極限的黑洞表面，時間會呈現近乎靜止的狀態。簡而言之，昴先生的心目前就像黑洞一樣吧。」

晟生可能只想舉例說明，昴卻沒想到他會用黑洞這個比喻回答。昴完全無話可說，只能勉為其難地點點頭。

晟生還斬釘截鐵地說，在理論上，人類確實有可能穿越到未來。

「這個理論的前提，當然是成功開發出運行速度趨近光速的交通工具。舉例來說，雖然宇宙中沒有重力，但為了讓人類宜居，會以每秒九點八公尺的速度加速太空船。再利用加速產生的慣性力量，讓太空船艙時刻維持與地球相同的重力。讓太空船慢慢接近光速航行五年，到了折返點再花五年時間緩緩減速返航，以免太空船飛離地球。像這樣耗費十年在宇宙航行再回到地球，你們覺得地球已經過了幾年了？」

瞳面有難色地說：「不是回到十年後的地球嗎？」

「不對，地球已經過了二十五年。進一步來說，在同樣的條件下，如果在宇宙航行八十年再回到地球，因為會更趨近於光速，所以返回地球時，地球已經過了十八億年。」

「十八億年……？」

昴震驚不已。如果穿越到那種未來，屆時人類會變得怎麼樣呢？別說人類了，或許連地球本身都會消滅殆盡。

「那我們當時是以非常快的速度穿越到未來嗎？」

「不對。當時我們穿越的那段時空，是被超新星爆炸產生的重力波，或是伴隨而來的巨大能量扭曲了。也就是蟲洞。」

晟生拿了一張放在桌邊的餐巾紙，用原子筆在上面畫了條直線，在直線兩端分別寫上點N和點F。接著為了讓N與F兩點交疊，他折起餐巾紙，再用筷子刺向疊合的部分。

「簡單來說，透過蟲洞時空旅行就像這樣。這個表示現在的地點N和表示未來的地點F，因為時空扭曲產生交疊，就能像瞬間移動般穿越到未來。」

瞳抱著頭，一臉困惑的模樣。

「有點難，我聽不太懂。但這樣一來，會有回到過去的方法嗎？」

瞳單刀直入地問。

「有一派假說認為，只要發現超越光速的物質，就有可能回到過去。但未來恐怕也不會出現超越光速的物質吧。」

昴說了聲「可是」，打斷晟生說的話，並指著晟生手中的餐巾紙問道：

「難道不能逆向返回這個N和F的入口嗎？如果從F進入N，應該可以從未來建立與過去的連結吧？」

「並非不可能。」

儘管非常想知道晟生到底是何方神聖，回過神來，昴已經變成身體前傾的狀態在聆聽了。

「那就可以回到過去了？」

「就像前陣子那位研究員所說，仍有幾個問題需要解決。蟲洞被視為極度不穩定的空間，所以需要可以穩定的物質。況且在我們有生之年，產生的能量大到足以扭曲時空的天文現象，未來可能也……」

說到這裡，晟生忽然瞪大雙眼，彷彿想起什麼嚴重的事情似的。

晟生立刻抓起波士頓包站起身，丟下一句「抱歉！請先幫我墊今天的餐費！」

就衝出店外了。

兩人還反應不及地愣在原地時，晟生就消失得無影無蹤，只留下吃到一半的義大利麵。

瞳輕聲低語道：

「嚇我一跳。他果然有點奇怪。」

不知為何，瞳居然有些開心，完全口是心非。

或許可以回到過去。聽到這句話的瞬間，昴因為太過興奮而有些暈眩。他知道晟生所說的可能性一定微乎其微，就像在黑夜中穿針引線，不，就像要讓宇宙丟過來的高爾夫球一桿進洞那麼困難。即使如此，也不是絕無可能。昴覺得自己在霧靄籠罩的未來中，首次看見了一絲希望之光。

「吶，那張照片裡的女孩子。」

昴循著瞳所指的方向看去，只見廚房上方擺了個貼滿照片的軟木塞板。那是之前員工們一起去烤肉和滑雪的照片，也有好幾個已經離職的員工照片。其中一張照片裡，身穿滑雪服的真夏站在昴身邊，笑容滿面地比了個勝利手勢。

「難道她是你的女朋友？」

兩人顯然沒什麼距離感，誰看了都會認為他們是情侶吧。昴說了聲「是啊」，並點點頭。

「你看起來好幸福喔。」

經她這麼一說，昴再次看向照片中的自己，燦爛的笑容完全不亞於真夏。那個表情看上去毫無防備，純真無瑕，並堅信自己能永遠陪在真夏身旁。當時他根本不知道會被捲入那起事故，就此天人永隔。

「如果是你的話，一定還能再見她一面。雖然毫無根據，但我就是有這種感覺。因為光看就能明白……你們之間是貨真價實的愛。」

瞳看著那張照片低語道。不知怎地，她的語氣有些哀戚。

*

瞳將一束花抱在胸前對昴說「這種花的花語是『永遠記得你』」，花名似乎叫做「紫苑」。形似波斯菊的小巧花朵，花蕊是黃色，花瓣是淡紫色。據說現在正值觀賞期。

瞳說想為真夏掃墓，於是昴隔天帶著她來到墓園。瞳小心謹慎地將花束供奉在真夏的墓碑前。

「從他人的記憶中消失的時候，人才算真正死去——不是有此一說嗎？所以只要活著的人還記得，她就等於還活在世上。」

說完，瞳在墓碑前靜靜地合掌祭拜。

真夏應該不會懷疑他跟瞳之間的關係，而且身邊有人願意為真夏著想，也讓他覺得放心許多。見不到面的時間一旦拉長，早上醒來時他還會有種錯覺，以為自己跟真夏之間的所有回憶都是一場夢。想起再也無法相見的人，跟在夢裡見到對方，兩者到底有什麼區別？他也越來越懷疑過去是不是真實發生過。可是他忘不了，無論如何都難以忘懷。那起事故發生後，他總是在夢裡體會到鮮明又美好的愛情，但睜開眼後看到的世界卻只有無盡的黑暗，彷彿自己還閉著眼睛。

掃完墓之後，他們走了一小段路。前方出現了高輪ＧＡＴＥＷＡＹ站的嶄新街景。直到現在，昴依然無法直視那片充滿近未來象徵的景色，感覺好像來到了全世界離真夏最遙遠的地方。

「喂，昴。如果能回到過去，你會怎麼做？」

這個假設，他已經在腦海中模擬過無數次了。

「我會跟真夏一起下車，再也不會讓她單獨行動。哪怕未來她還是逃不過死劫，我也會守在她身邊直到最後一刻。」

隔著電車門站在外頭的真夏，昴在心中不知已經將她擁入懷中多少次了。他這一生恐怕不會再有這般難忘的愛情，所以這份後悔也始終鮮明清晰。昴用力握緊空無一物的拳頭。

瞳說了句「這樣啊」，神情哀戚地點點頭。

昴回問「那瞳小姐會怎麼做？」瞳扯出一抹乾笑，撩起瀏海說：

「前陣子我喝得爛醉時，當著晟生先生的面耍帥，說什麼之後要勇敢向前，但其實我到現在還忘不了元春。獨處的時候，就會發現自己還在等他回來。很可笑吧。」

瞳聳聳肩如此自嘲，但昴根本笑不出來。

「工作沒幾天就離職、到處拈花惹草、愛賭博、跟我借的錢一毛也沒還、吵架的時候還會亂砸東西，簡直是超級經典的渣男。但我總是會想起他出錢請我吃的肉醬義大利麵、毫無防備的睡臉、或是他說完『我回來了』就將我緊擁入懷的體溫。

其實我還是很愛他，但聽到他當著我的面說要結婚的時候，我卻無話可說。我大概也不算什麼好女人吧。連那種爛男人都讓我刻骨銘心了，昴的心情應該比我更難熬吧。」

昴默默地聽完這段話。現在的他完全能體會瞳的心情。人偶爾會傻那麼幾回，也要談一次無可救藥的戀愛。越是知道這段愛情不會有結果，再怎麼滑稽、可悲或醜陋，只會留下無盡思念，就會愛得越深。

「……所以，我可能一輩子都無法諒解這個車站。」

走到高輪GATEWAY站前面時，瞳帶著苦笑說了這句話。

昴也跟瞳一樣抬頭看向車站。這個車站以日本的折紙文化和紙拉門為構想，營造出近未來的觀感，卻也使用了大量木材，洋溢著日式和風的溫暖。往後應該會變成東京的嶄新門面，讓未來發光發熱吧。

「我也絕對無法諒解。」

昴微微低垂視線，開口嘀咕道。但在內心某處，他依舊很羨慕瞳的處境。畢竟她的前男友還活著。

如果是我的話——昴這麼心想，再次向瞳問道：

「妳要不要跟他把話說清楚？」

瞳驚訝地轉頭看著他。

「我覺得把現在的心情好好告訴那個人比較好。就算會徒勞無功，但至少跟他說一聲，妳還愛他。」

瞳低下頭去，搖搖頭說：「說了也沒用吧。」

「換作是我的話，就算沒用，我也想說清楚。我曾經深愛過你，因為有你而感到幸福，所以我希望你能踏上幸福美滿的未來，哪怕身邊的人不是我也無所謂。如果不趁還能說出口的時候告訴他，等他離開了才後悔莫及，就已經太遲了。」

說完這句話後，他為情況變得有些傷感而道了歉。每個人都有各自的情緒，誰也不知道正確答案是什麼。或許也有刻意隱瞞不語的美學存在吧。但也只有對方還活著的時候，才能選擇不說。

「昴……我想拜託你一件事。」

方才還低著頭的瞳，抬起頭這麼說。

「……可以陪我走一趟嗎？免得我在中途逃跑。」

昴心想，或許是瞳剛才替真夏供上紫苑花，真夏才在她身後推了一把吧。

＊

位於蒲田的公寓房裡還亮著燈，但從外面看不出元春在不在。

就算昴願意陪自己來到此處，從外面窺看室內又裹足不前的樣子，簡直和跟蹤狂沒兩樣。瞳忍不住嘆了口氣。

她對待會兒要做的事沒有任何計畫。實在不好意思按門鈴，卻又不能一直猶豫不決。昴都陪自己過來了，繼續在這裡耗時間，對他也過意不去。瞳才剛這麼想，天空就下起雨來。當然，他們都沒帶傘。

「我去附近的超商買把傘。」

目送昴跑遠之後，瞳來到離公寓有些距離的投幣式洗衣店，躲在遮雨棚下。店裡一個人也沒有。這種時候居然下雨，未免也太倒楣了。是不是神明也在奉勸自己打道回府？

她用手帕輕輕擦拭身體。雨勢不僅沒有變小，還逐漸增強，不一會兒就變成傾盆大雨。看樣子昴應該也來不及跑到超商了。總而言之，他應該會在某個地方躲雨吧。

這時，有個將包包蓋在頭上，在雨中奔跑的人影闖入了瞳的視野。只消一瞬，瞳就看出那個人是誰了。

「……元春！」

忽然聽到有人喊了自己的名字，元春回過頭來。看到對方是瞳，他驚訝地停下腳步，隨後繼續將包包蓋在頭上跑了過去。用包包代替雨傘效果實在不彰，被淋成落湯雞的元春疑惑地看著瞳，水滴還不斷從後頸處的髮際線滴落而下。

「小瞳！妳怎麼會在這裡？」

突如其來的傾盆大雨導致四周空無一人，遮雨棚下就只有瞳和元春兩個人而已。像這樣再次和元春面對面，不管再怎麼逞強，最後深埋在瞳心中的依舊還是那份情感。

『我還是很愛元春』。

所以，哪怕只有一次也好，她想再次向元春表達自己的心情。

「……我在等你。」

聽到瞳這麼說，元春眨了眨眼。瞳望著從元春的髮梢流向睫毛的水珠，又說了一次：「因為我想見你一面，所以在等你。」

元春問：「什麼意思？」都說到這個份上了還聽不明白，遲鈍也該有個限度吧。但連他這種遲鈍的地方，瞳也曾經深深愛過。

「……我還是很愛你。沒辦法忘記你。」

元春的表情終於變了。他現在非常困惑。他們一起生活過好長一段時間，所以瞳看得出來。當他感到為難時，就會露出這種表情。因為不想被他當成負擔，自從交往以來，每次看到元春露出這種表情，瞳就不會再多說什麼。

瞳原本想笑著說：「還是當我沒說好了！」假裝自己只是碰巧路過附近。但一想起昴那些話，還有他的女朋友，瞳實在沒辦法繼續拖著不管。

好一段時間沒開口的元春，忽然用力點點頭。

「嗯，謝謝妳。我很開心。」

瞳沒想到會聽到元春說「很開心」這三個字，胸口浮現出微微的悸動，但真的僅只一瞬。下一秒，元春望向大雨另一頭那棟公寓，用呢喃的語氣說：「但真的很抱歉。」

瞳已經預料到這個結果了。她心裡明白，才會過來這裡。她不後悔，只是心有點痛，有點想哭的衝動而已。

「小瞳，對不起，沒能等妳回來。」

瞳搖搖頭。事到如今，她已無意責怪元春。

元春濕濡的指尖溫柔地撫上瞳的髮絲。瞳緊緊閉上眼，用全身上下的細胞感受他的撫摸。因為這真的是最後一次了。

「但我不會忘了妳，小瞳。」

如果可以的話，真想修正過去的軌跡。如果能再回到那一天，她就不會加班，馬上趕回家吧。坐上比末班車早幾班的電車，像平常那樣回到家，一起吃晚飯。隔天和元春看電視的時候，才得知那起事故的消息。像電影劇情那樣用事不關己的態度隨便猜測後，再回到一如既往的日常生活。他們會理所當然地度過這段平凡無奇的幸福時光。

但瞳心想：儘管如此，未來是不是依然會走到現在這一步？就算元春繼續跟瞳交往，總有一天也會在職場上遇到現在的未婚妻。元春一定會瞞著瞳跟她偷偷見面，在她身上找到瞳無法帶給自己的真摯愛情，就會拋棄瞳而選擇她。儘管再不情願，瞳也可以看透另一個未來的走向。

無法完美收尾的這份愛情，最後只能走向虛無，徒留無盡哀戚。

雨勢稍微減弱了些。回過神來，瞳才發現昂已經拿著兩把傘站在稍遠處，一定是不想打擾他們吧。

「謝謝你。幸好我有好好說出自己的心情。」

瞳勉強忍住淚水，看著元春向他道謝。

「好了，你快走吧！不早點回去，小心感冒喔。」

瞳帶著無比感傷的心情，往元春的背推了一把。元春有些內疚地離開後，瞳凝望著他的背影，直到他消失在公寓之中。

瞳跑到昂身邊後，昂將雨傘遞給她。她對昂說了句：「不好意思。」

「我說出來了。雖然還不能完全放下，但要是你沒跟我說那些話，我就不會像這樣跟元春講清楚，所以我很感謝你。謝謝。雖然還下了一場大雨。」

看到瞳說出這些話又聳聳肩的模樣，昂似乎如釋重負。接著他低頭直盯手裡的手機。

「怎麼了？」

感覺豁然開朗的瞳，發現昂的眼眸流露出一絲陰暗。

「……以前只要一下雨，真夏就會打電話給我。」

昴看著手機喃喃自語。

雖然知道她已經不在人世，昴現在還是會等她的電話吧。

他的側臉寫滿了憂傷。往後這一輩子，這份哀痛都無法從他的人生中抹除吧。

一思及此，就有種胸口滯悶難耐的感覺。

*

「你真的都沒變耶。」

加藤悟是他在大學航空系結識了二十多年的好朋友。發生那起事故後，直到九月下旬，他才有辦法出去小酌一杯。

事故當天，勇作也跟加藤在大宮喝酒。對勇作來說只是相隔一個月的再次見面，但對加藤來說，已經是睽違五年的重逢了。難怪他會覺得勇作都沒變。

「算是吧。」說完，勇作用啤酒杯跟他乾杯，以此當作問候。

真是睽違已久的愉快時光啊。在那之後，依子依然沒有回來，他在公司裡也顯得格格不入。就算自己不在，這世界依然能順利運轉吧——這個事實日復一日地掏空了勇作的心。

在這段充滿肅殺氛圍的日子裡，像這樣和朋友放鬆自在地聊天的時光，實在讓他無比感激。正因為兩人從學生時期就一直同甘共苦走來，他才不必顧及無謂的自尊。他們的關係好得不得了，不管多麼沒用或低級的事情，他們都可以張口就說。所以勇作當時才會不小心喝太多，被捲進那起事故當中。

跟加藤分開踏上歸途時，已經過凌晨十二點了。雖然喝醉了，他卻沒有像事故當天一樣選擇坐電車。

回到家後，優季不知為何在客廳裡看電視。她難得會這麼晚回家。優季轉過頭對他說：「你回來啦，已經很晚了耶。」

「妳還好意思說很晚了。這個時間回家幹嘛？」

「這裡是我娘家耶，有什麼關係。」優季不服氣地嘟起嘴說道。話是沒錯，但這麼晚了還不在家裡，老公不會唸妳嗎——勇作連忙把衝到嘴邊的這句話吞了回去。要是勇作主動提起女婿的話題，感覺就像接納他的存在似的，讓勇作一肚子火。

「我們吵架了。」

反正就是那樣吧。難道優季要在他點頭認定這門婚事之前，就想提離婚嗎？這讓勇作有些五味雜陳。一想到優季居然會跟這種說離就離的男人結婚，他就更火大了。

「每次都因為這種小事跑回娘家，離婚也只是遲早的事。」

勇作故意說得酸溜溜的。他以為這麼做優季就會頂嘴，誰知道優季竟目瞪口呆地搖頭否認。

「沒有沒有。我不是跟老公吵架，是跟媽啦。」

真是意外。畢竟母女倆每次都連成一氣，感情好得不得了。

「我跟媽說，差不多該回家了吧，她卻說不想回來。我問她真的離婚也無所謂嗎？她居然說這是我出的主意。我聽了氣得半死，就跟她大吵一架。」

看來依子的意志非常堅定。勇作現在還留著那張還沒蓋章的離婚協議書。老實說，勇作仍無法下決定。他一回到家依子就擅自離家出走，確實讓他非常生氣，但他無法想像往後的人生中沒有依子的陪伴。一到關鍵時刻，男人這種生物就會變得軟弱不堪。

優季好像不會只站在母親那一邊，這讓勇作有些意外。優季跟光靠一張紙就跟他形同陌路的依子不一樣，兩人的父女關係會持續到死亡那一刻。跟當事人相比，優季這個獨生女或許能用更冷靜、充滿危機的心態掌握目前的狀況。她說，只有我才能讓整個家再次凝聚起來。

居然讓懷有身孕的女兒如此擔憂，老實說，勇作感到很愧疚。

但如果依子不回家，這件事就毫無進展。勇作無話可說，默默地坐在一旁的沙發上，將雙手環在胸前。

「爸失蹤的時候，媽真的很擔心你。她擔心到晚上都睡不好，茶不思飯不想。她雖然再三囑咐我不要告訴你，但她那時候還病倒住院。」

勇作不禁抬起頭來。這件事他當然無從得知。

「事故發生後過了好幾個禮拜，都打聽不到爸的行蹤。但畢竟還有公司的事要忙，在那之後，媽就拚命想守住爸的公司。可是她對經商一竅不通，諸事不順。所以我才教她化妝跟穿搭技巧，想說至少要先將儀容打理好，才能留下良好的第一印象。」

依子以保證人身分來到警察局的時候，因為外表實在差太多了，勇作第一個念頭就是懷疑她外遇了。勇作根本沒想到背後有這樣的原因，也開始反省自己的態度。

「儘管如此，經營狀況還是不如預期，客戶們也都接二連三取消合作，真的快要走投無路了。但那個時候，我們在那起事故的被害者家屬互助會上遇到一個女孩子。」

一個女孩子？勇作有些疑惑。

「我記得是個叫佐野峯昴的人的女朋友。她叫真夏，是佐野峯的媽媽帶她過來的。她大我一歲，常常用充滿希望的口氣幫媽加油打氣。她總說『別擔心，他們一定會回來』、『我的男朋友絕對不會丟下我一個人』、『所以他一定會帶著那些人馬上回來』。」

原來是在研究所集合時，那個完全沒跟勇作對上視線的年輕男孩。他想起那個男孩確實也說過「想回到過去」這種話。或許在這五年的歲月裡，他和女友的關係也出現了什麼問題。年少時期的戀愛總是如此。應該沒幾個女孩子會為一個音訊全無的人痴痴等待五年吧。

「公司狀況岌岌可危的時候，其實也多虧了她，我們才能變成DN重工的子公司。她爸爸是ＤＮ重工的社長，她似乎去替我們交涉了。當然，是因為他們買下牧SOLUTION的技術，我們才能加入他們的體系，但沒有她從中牽線的話，光靠我們幾個根本就扯不上邊。」

竟然擅自將公司併入大企業——當時他滿腦子都是這個想法，被憤怒沖昏了頭。

勇作終於可以站在久候的親人立場，重新看待這一切了。對勇作來說，轉瞬間就過了五年之久。但對依子他們來說，這五年來始終被不安的情緒折騰，連他能不能回來，是生是死都不曉得。

雖然他老是擺出被害者的姿態，但真正的被害者，或許是這些苦苦等待的人。這段看不見終點的時間充滿忐忑，感覺就像一輩子那麼漫長。難怪依子會發脾氣。沒想到會在這種因緣際會之下和ＤＮ重工合作，之後得跟那個叫真夏的女孩好好道謝才行。但如果她跟昴已經分手了，那該怎麼辦呢？想到這裡，勇作的心情變得有些複雜。

「……可是，在爸爸你們失蹤後的隔年夏天，真夏就過世了。」

「咦？」勇作忍不住驚呼一聲。此刻他已經完全酒醒，這句話在腦海中重複了一次又一次。簡直令人無法置信。跟優季差不多大的孩子，竟然年紀輕輕就過世了。

勇作不禁想起了昴。

好想回到過去——當時這麼說的他，最大的心願一定是跟那個女孩的死有關吧。

在自己失蹤的期間，女朋友居然死了。勇作完全能體會那份絕望。要是依子或優季在這段突如其來的空白歲月中走了——光是想像，勇作就快要哽咽了。

「她明明比任何人都相信你們會回來，卻無緣見男友一面。如今你們卻真的回來了……天底下怎麼會有這種事呢？」

優季的眼眶盈滿淚水，並拿起面紙拭淚。

「所以，好不容易活著回來了，我希望爸媽不要說離婚就離婚。爸一回來態度就這麼差，我也能理解媽的氣憤。老實跟你說吧，在那起事故之前，媽也動過離婚的念頭。但她之所以能忍到現在，終究還是為了這個家，也因為你們之間還有愛吧？……爸，再這樣下去真的好嗎？」

當然不好。但就算勇作堅持不肯遞交離婚協議書，不管怎麼想，現在的主導權都握在依子手上。

此刻的勇作就像個死刑犯，只能眼巴巴地等著行刑之日到來。

＊

自從忽然闖進晟生家之後，真太郎就常往那個家跑。雖然他說「租到新房子就會走」藉故留下，但現階段他根本沒打算離開，陽生住過的房間待起來也非常舒適。看在陽生的份上，晟生也只丟下一句「請便，你開心就好」，就沒再多說什麼了。

那天看到晟生臉色大變地從外面回來時，真太郎不解地問：

「幹嘛，怎麼回事？」

晟生急忙打開電腦，從中找出一個資料夾後，將數據抄寫在紙上並列於桌面。

真太郎一手拿著咖啡，從他背後瞄了一眼。

「……難道這些資料，是從你製造的『時光機』傳來的嗎？」

晟生點點頭。

「對。這是將未來傳送過來的基本粒子資訊，轉換成文字的資料。」

真太郎闖進家裡那天，晟生對他坦承了一切。

那起事故前一天，晟生完成了世紀性的偉大發明。

人類夢寐以求的「時光機」。

這不是靠晟生一個人的力量完成的。是陽生傾盡了畢生心血，才得以問世的「夢想裝置」。

這個裝置無法像電影或連續劇那樣，將整個人送往過去或未來，而是將非常強大的能量聚焦在某一點，藉由控制重力及扭曲時空產生小型蟲洞。這個人工蟲洞的範圍太小，人類無法通過，但如果像基本粒子那麼小就可以通行。

所有資訊只需解構為0和1的集合，就可以進行傳輸，原理跟平時常用的電郵差不多。基本粒子就像自轉的陀螺，具有往上或往下自旋的性質。只要將這種向性用摩斯密碼的方式資訊化，就可以用這個裝置接收來自未來的訊息。與其說是時光機，「未來資訊收發器」的說法或許更為貼切。

二〇一九年，晟生似乎在高輪附近發現了奇妙的物體。他在離品川站不遠的地方發現一個寫著【埋藏物調查挖掘中】的牌子，知道這裡從幾年前就在挖掘某個東西。他基於好奇進一步調查，令人驚訝的是，他發現周遭會持續產生一種足以抵抗重力，被稱為「負能量」的能量。

這就是陽生和晟生尋覓多年，完成蟲洞所需的必要能量源。簡單來說，目前猜測蟲洞跟黑洞內部的重力強度相等。假設蟲洞成功誕生，也會因為承受不住時空扭曲（重力），當下立刻坍塌消滅。所以能抵抗重力的負能量，就是讓蟲洞穩定的必要元素。

負能量的存在雖可由人稱「卡西米爾效應」的物理現象得證，其中產生的能量卻微乎其微，很難應用在蟲洞實驗中。如何製造負能量，可說是製造本裝置的最大難題。

晟生馬上在高輪周邊各處進行未來資訊收發器的測試。假如實驗成功，將這台未來資訊收發器電源開啟的瞬間，應該就能收到來自未來的某些訊息。將收到的訊息透過晟生的電腦解析，再以信件的形式傳送回去。這些都發生在那起事故前一天的凌晨時分。

晟生發現，建造中的高輪ＧＡＴＥＷＡＹ站和田町站中間的軌道下方不斷湧出極為強烈的負能量。於是他當天深夜偷偷潛入末班車駛離的軌道，在上面設置裝備。隨後他暫時離開現場，從工地圍欄外面透過遠距操作，打開未來資訊收發器的電源。

那一瞬間，軌道處傳來尖銳的金屬聲響，晟生的電腦也在同一時間收到未來傳來的數則訊息。

他敲打鍵盤的手不停顫抖，或許是因為哥哥夢寐以求的時光機終於完成的喜悅所致。與此同時，他也因為製造出驚天動地的物品而恐懼不已。

將部分訊息轉換成文字後，絕大部分都難以解讀。他將可以確認的字彙加以組合，勉強拼湊出一篇文章。

文中提到參宿四超新星將會爆炸，還包含了「明天京濱東北線的末班車會受其影響通過蟲洞，穿越到未來的高輪ＧＡＴＥＷＡＹ站」等等稀奇古怪的內容。由於同樣的訊息傳來了好幾則，晟生認為這是非常重要的訊息。

將所有收到的訊息確認完畢後，晟生心中浮現出一個大問題。

不知為何，來自未來的訊息完全沒提到二〇二五年二月四日以後的消息。二〇二五年二月四日到底發生了什麼事？

是未來資訊收發器本身毀損了嗎？還是晟生自己會遇到什麼災禍——晟生想確認原因為何。為此，就必須搭上訊息中提到的那班電車。晟生雖然對「成功製造出人類足以通過的蟲洞」這件事半信半疑，卻沒有一絲猶豫。

雖然他成功製造出未來資訊收發器，但他真正想替陽生完成的夢想還有另一個真正的目的，至今卻尚未實現。這次的發明，只不過是夢想的第一步。

於是晟生搭上那班電車，小心翼翼地抱著藏在皮革波士頓包中的未來資訊收發器，真的和其他四名乘客來到未來了。

「這台裝置無法實現陽生的夢想。」

心情平復下來後，晟生垂頭喪氣地坐在椅子上，看著站在身後的真太郎如此低語。

「陽生想發明時光機回到過去，試圖阻止爸媽的車禍意外，這才是陽生夢想的最大目的。阿真，你也知道這件事吧。」

真太郎靠著牆，靜靜地聽晟生說話。

「自我懂事以來，我就在幫陽生製造裝置。老實說，我根本不在乎爸媽如何。

我說這種話，你可能會覺得我很無情吧，但我跟他們幾乎沒有回憶可言。我活著的意義，就是跟陽生一起完成夢想。但陽生走了……那天之後，我也找到了夢想。我要繼續製造這台裝置，無論如何都要讓陽生起死回生。」

晟生拿起並排在桌上的紙，用手狠狠揉皺。彷彿他過去在這台裝置上耗費的時間，也隨著這陣聲響被摧毀殆盡。

可是——說完，晟生用力閉上眼睛。

「……這台裝置，沒辦法回到二〇一九年十二月十七日，也就是裝置完成那天以前的時間。」

未來的資訊當然可以透過這台收發器傳送過來。換句話說，自然沒辦法送往收發器完成以前的過去。

不過，一旦裝置完成，或許就可以透過這台裝置，讓現在的晟生收到遙遠未來開發出的來去自如時光機技術，回到陽生和父母在世的時代做些什麼。

晟生或許就是憑著這股信念，在這台裝置上傾盡全力吧。但透過裝置傳來的資訊卻只到二〇二五年二月四日。在這些近未來的資訊當中，根本沒有包含能回到陽生與父母在世時的時光機設計圖。

「我可能沒辦法實現陽生的夢想了。」

晟生用顫抖的嗓音這麼說。

「……即使如此，陽生還是會原諒我嗎？」

說著說著，晟生失落地低下頭去。真太郎從背後將他的頭擁入懷中。

真太郎覺得現在一定得代替陽生抱抱他才行。

「傻瓜，那還用說。打從你出生以來，你就是陽生引以為傲的弟弟。哪怕你變成殺人犯，也只有我跟那小子永遠都會原諒你。」

晟生在真太郎的懷抱中緊抿雙唇。

陽生死後，晟生應該就沒有依賴過任何人，孤獨地走到現在吧。為什麼當時沒有陪在他身邊呢？真太郎對此非常懊悔。如果能早點得知陽生的死訊，不，如果能在陽生死之前來找他們，未來的走向或許會完全不同。想到這裡，他就覺得坐立難安。

但晟生不顧真太郎的擔憂，緩緩推開真太郎的懷抱。接著不知為何，他說起了過去從未提起的資訊收發器最後傳來的訊息內容。

「我一直在猶豫該不該說。」

說完，晟生將抄寫訊息的其中一張紙拿給真太郎看。

訊息時間是二〇二五年二月四日，晚上九點十二分。資料已經轉換成文字，而晟生只解讀出兩個詞。

【高輪ＧＡＴＥＷＡＹ】【流星雨】

可是，在目前的二〇二四年九月，都沒出現二〇二五年二月四日可以觀測到流星雨的資訊。

看到這則訊息時，晟生想到了幾種可能性。

上面寫著「高輪ＧＡＴＥＷＡＹ」，或許未來的自己就是在那邊觀測到流星雨吧。這是晟生的分析。

比如那個流星雨，不，貌似流星雨的某種東西，導致地球，或者至少讓高輪ＧＡＴＥＷＡＹ站周遭徹底毀滅。要是晟生因此出了什麼意外，難以傳送訊息時，就可以說明為什麼收不到來自未來的訊息了。

假如他猜得沒錯，東京一定會亂成一團。所以晟生才會將這件事隱瞞至今，沒有告訴任何人。

真太郎問他「為什麼現在要跟我說這些？」晟生回答：

「因為我發現了其他可能性。」

看來晟生剛才跟那起事故的乘客瞳一起吃過飯了，而且碰巧有機會跟在那間店上班，同為乘客的佐野峯昴聊了一會兒。真太郎當然也記得他。

晟生說，聽完昴說的那些話，他想到全新的可能性，就急忙跑回家來。

「阿真，我好像……」

真太郎將視線轉回晟生。

晟生眼鏡後方的雙眼雖然布滿血絲，卻難得用興奮的口吻說：

「我好像找到一個願望，可以代替陽生的夢想完成了……」

*

越弱小的狗越會叫。每次見到勇作，晟生都會想起這句俗諺。

「幹嘛突然把我們叫過來啊？我沒那個閒工夫耶。」

十月剛開始沒多久，把勇作叫到昴工作的義大利麵店的不是別人，就是晟生。

勇作隔壁是真太郎，真太郎隔壁是早班剛結束的昴，瞳則坐在晟生旁邊。他們拿著各自的飲料入座。

大概隔了兩個多月，所有人才又齊聚一堂。目前是晚上七點多。光是走在外面就會讓人額頭冒汗的酷暑氣候一直持續到九月，但十月之後馬上就變得涼颼颼的。氣溫異常的現象年復一年，似乎已經變成季節變換的象徵了。穿著工作服的勇作最晚到場，卻依然用充滿高壓的態度坐在沙發上。

「好了啦，大叔。別因為之前被晟生反駁就懷恨在心嘛。他又沒有惡意。」

聽到真太郎故意用這番話揶揄，勇作的表情變得更不高興，還用鼻子冷哼一聲。

「不好意思，忽然把各位叫過來。但有件事我想說明清楚，無論如何都得召集所有人才行。」

晟生將手置於膝上，微微低下頭。

「跟前陣子我們忽然穿越的事有關嗎？」

一旁的瞳緊盯著晟生的臉，這麼問道。

「是的。首先，我得先向各位表明一件事。」

說完，晟生將加入一包半砂糖的咖啡一飲而盡，接著抬起頭來。

「當天，我知道那班電車會穿越到未來。」

隔了一段時間後，率先發出驚呼的人是瞳。勇作也跟著用火爆的語氣喊道「什麼意思？」昴則目瞪口呆地愣在原地，只有唯一知情的真太郎勾起一邊嘴角露出壞笑。

「難道全都是你搞的鬼嗎！你要怎麼解釋啊！」

勇作火冒三丈，感覺下一秒就要撲過去了。

看到晟生搖搖頭說「不，你誤會了」，勇作一臉沮喪地瞪大雙眼。

「我雖然知情，但這起事故不是我造成的。我只是知道這個資訊而已。」

「可、可是，你怎麼知道未來發生的事？」

瞳神色困惑地問道。晟生將腳邊的皮革波士頓包放在膝上，從裡面拿出未來資訊收發器給他們看。在他們眼中，這想必是個從未見過的神祕裝置吧。但在晟生的觀察之下，除了早已知情的真太郎之外，還有一個人第一次見到這台裝置，就知道用途何在。

「這是什麼，某種東西的收發器嗎？」

說話的人正是勇作。晟生點點頭說「沒錯」。

根據晟生調查，勇作經營的地方工廠，是負責宇宙開發或深海調查所使用的精密零件加工。技術堪稱國內頂尖，這五年似乎變成了DN重工的子公司。這對他來說當然是無可奈何的決定，但一想到待會兒要談的話題，或許會覺得連這都是必然的發展。

勇作當然看得出這台機器是用來收發某種信號的裝置。但他一定想不到，這居然可以接收來自未來的數據。

「這是我開發的一種時光機。利用這台裝置，就能收到未來的數據。簡單來說，用類似重力變壓器的裝置產生強大能量後，就能成功扭曲時空。這台裝置就是利用這個原理，製造極為細小的人工蟲洞，將數據化的基本粒子從未來傳送到過去。」

勇作嗤之以鼻地說「怎麼可能」。聽到這些話，當然不可能馬上相信。可是晟生手中有份能讓他們完全信服的未來訊息。

晟生又從那個波士頓包中拿出一台筆電，將螢幕轉向眾人，確保所有人都能看見。螢幕上正在直播當天晚上七點過後的某個彩券開獎影片。這種彩券可以自行圈選喜歡的號碼，頭獎獎金一億日圓。現在這段時間，差不多要公布頭獎的中獎號碼了。

（馬上來開獎吧！頭獎的中獎號碼是……）

畫面中的女性將手伸進透明箱內，抓出六個在箱內隨機跳動的彩球，讀出寫在彩球上的號碼。在她讀出號碼之前，晟生將一張彩券放在四人面前。這是晟生前幾天買的自行選號彩券，號碼由上至下為54、43、5、38、47、21。

（第一個數字是……54號！下一個是43號！接著是……5號！）

晟生的彩券陸續中獎。真太郎以外的三個人核對數字的同時，顯然表情也越來越緊繃。

（最後是……21號！）

晟生那張彩券原本只是張平凡無奇的紙片，這一刻起立刻擁有一億日圓的價值。

「騙人的吧……」瞳神情恍惚地喃喃道。

「你到底是何方神聖……？」

勇作嚇得往後退去，完全失去剛才的銳氣。

晟生關閉電腦螢幕，再次開口道：

「各位願意相信我說的話了嗎？」

勇作和昴不約而同地嚥了口口水。

「或許真有回到過去的方法。」

聞言，率先出現反應的人是昴。

「可以回到過去嗎！」

「我不能保證，但確實有這個可能性。」

「如果可行的話，拜託你告訴我。」昴立刻提出懇求。

於是晟生將先前告訴真太郎的理論，從頭到尾又解釋了一次。

二〇二五年二月四日收到來自未來的最後一則訊息後，通訊就此中斷。為了查出原因，晟生搭上那班電車穿越到未來。連最後那則訊息所寫的內容，都一併說明清楚。

勇作疑惑地問：「有預告那段時期會出現流星雨嗎？」

「你說得沒錯，目前尚未出現流星雨的預告。我猜有很大的可能性是突發性流星雨，或者根本不是流星雨，而是類似流星雨的『某種東西』。」

勇作皺起眉頭問：「『某種東西』是什麼意思啊？」

「我也不清楚，但這是最後一則訊息，來自未來的通訊就此中斷。我猜可能是這台裝置壞了，或是這個類似流星雨的東西，讓東京或地球出現毀滅性的災害。」

「毀、毀滅性的災害？」

瞳臉色鐵青地用手摀住嘴巴。

「這終究只是臆測罷了。但如果是我出了什麼事，導致二〇二五年二月以後無法繼續傳送數據的話，這也是可以想見的狀況。」

所有人都陷入沉默。這也難怪，畢竟這件事不只牽扯到過去和未來，甚至可能影響到地球存亡。

隨後，晟生給了個但書，重新連上話題。

「前陣子聽了昴先生說的話後，我發現了全新的可能性。」

所有人的視線再次聚焦於晟生。

「假設這個類似流星雨的東西，讓地球在二〇二五年二月四日產生了巨大能量，高輪GATEWAY站附近又因此出現事故當天那種蟲洞的話……」

勇作脫口而出「不會吧」這三個字。

「搭乘那班電車穿過蟲洞時，我們的身體之所以能完好如初，沒被潮汐力撕裂，應該是這個裝置多少可以調整車廂內的重力。換句話說，如果要再次通過蟲洞，屆時就得帶著這台裝置一起穿越才行。假如這台裝置因此從二〇二五年二月四日的未來穿越到過去，就能解釋為什麼收不到那天以後的未來訊息了。」

「但這種事有可能發生嗎？」

瞳這麼說，臉上寫滿了難以置信的情緒。

「就像我們從過去穿越到未來，也有可能出現從未來連接到過去的蟲洞。我剛才說了『類似流星雨的東西』吧？如果那不是單純的流星雨，而是在高輪ＧＡＴＥＷＡＹ站高空產生的蟲洞中落下的某種東西，該處就有可能受其影響，再次產生和事故當天同樣巨大的能量。」

昴回問：「什麼意思？」

「參宿四超新星爆炸產生的蟲洞，只有事故當下的那一個。不覺得這件事很不自然嗎？如果還產生了其他蟲洞，其中一個或許就會連接到二〇二五年二月四日晚上九點零三分，我先把這個時間暫時稱為『Ｆ時地點』好了。也不是沒有這種可能性。」

「但為什麼總出現在高輪ＧＡＴＥＷＡＹ站附近？事故當時也是這樣。」

瞳百思不解地歪著頭問。

「那是因為高輪GATEWAY站的軌道下，埋藏了可以產生負能量的物質。負能量可以讓蟲洞保持穩定。」

勇作對晟生伸出手掌打斷對話。

「等一下。你說的該不會是奇異物質吧？理論上現實世界中根本找不到那種東西啊。」

「但高輪GATEWAY站的軌道下，的確有某處會出現負能量。據我推測，可能是在勘察地層的時候，偶然發現了內藏奇異物質的古代隕石吧。正因如此，我們才能順利通過理應極不穩定的蟲洞。我的裝置能接收到數據，也是因為有這種能量存在。」

沒有負能量的話，就算出現蟲洞也會瞬間消滅。所以只有在出現負能量的高輪GATEWAY站附近，才能產生蟲洞。

「如果二〇二五年二月四日F時，高輪GATEWAY站附近再次產生跟事故當天同樣足以扭曲時空的巨大能量，導致蟲洞開啟的話，或許就能回到事故發生之前。我是這麼想的。」

「事故發生之前，到底是哪一天？」昴開口問道。

「極有可能是這台裝置完成，也就是事故前一天。我第一次在高輪GATEWAY站軌道上收到數據的那一瞬間，透過埋藏地底的負能量形成的人工蟲洞，規模比我想像中還要大，或許跟二月四日F時的蟲洞入口相連。如果有人帶著這台裝置一起穿過那個蟲洞，就能解釋為什麼接收不到二月四日以後的未來數據了。」

「難道又要再搭一次電車嗎？」勇作用揶揄的口氣這麼說。

「這麼做風險太大了。當時電車外表已經焦黑一片了吧。毀壞到這種程度還能全身而退，真的算是奇蹟了。雖然一樣要在軌道上運行，但必須製造出更耐久的交通工具才行。這個交通工具要做成容易穩定的球型，體積盡可能縮小，還能承受高度重力。」

「所有人都要搭乘嗎？」

聽到勇作的疑問，晟生搖搖頭。

「我們之中只有一個人能搭乘。還是把風險壓到最小限度吧。」

「風險？」這次換瞳發問了。

「假如真的出現了蟲洞，出口也未必能連接到事故前一天，搞不好還有可能被丟出宇宙空間。但這樣或許比較好吧。畢竟也有可能永遠逃不出蟲洞，或是連同整個蟲洞被活活壓死。」

昂開口打斷了晟生的話。

「儘管如此……只要還有一絲可能性，我也想試試看。哪怕機率微乎其微，只要還能再見真夏一面，我就想嘗試。繼續留在這裡，我就再也見不到真夏了。這種日子……跟死了沒兩樣。」

勇作露出難以言喻的表情，緊盯著意志堅決的昂。

提及這個話題，昂就會給出這個答案，這一點晟生打從一開始就知道了。而且昂的認知中還存在某個巨大的謬誤。

「昂先生，你明白回到過去意味著什麼嗎？不是回到自己過去的身體裡，因為過去也有一個過去的你。換句話說，會同時存在兩位昂先生。」

看到昂眉頭緊蹙的樣子，晟生就確定自己的猜測無誤。他果然誤會了。

「即便成功回到過去，昂先生也很難和過去的真夏小姐共同生活。雖然只是假說，但有論文指出，當兩個自己同時存在於相同的空間，認知到彼此存在的瞬間就會雙雙湮滅。儘管你可以和真夏小姐說上話，但她發現有兩個你同時存在，也會陷入混亂吧。簡言之，為了真夏小姐的幸福著想，你只能在遠處守護過去的你們。只要回去一次，也沒辦法返回現在這個未來。這是通往過去的單程票。假如你真的改變過去，讓另一個自己成功和真夏小姐在一起，現在的昴先生未來就必須一輩子隱瞞自己的身分。」

昴的雙眼原本充滿希望，此刻卻漸漸失去光芒。

晟生就是要嚇唬他。這個計畫無法保證性命安全。如果他現在願意放手，反而會比較幸福也不一定。

可是昴心意已決。

「……那我就蒙著自己的臉，把搭上電車的兩個人拉下車不就好了？這樣真夏就不用孤零零地死了。過去的我可以陪在真夏身邊。」

儘管如此，昴還是想回到過去。晟生彷彿看到了陽生，不，是剛失去陽生時的自己。

「看樣子你還是沒搞懂。」

聽到晟生這麼說，昴狐疑地看向他。

「昴先生，如果你能回到過去，你該做的只有一件事。就是讓她搭上那班電車。」

「咦？」昴大感意外地驚呼一聲。

「醫療技術在這五年內有了大幅進展。其中使用人工細胞的再生醫療技術，也比二〇一九年的預想還要進步許多。若是現在的現代醫學，或許可以治癒她的疾病。」

「真的嗎……！」昴的眼神驟變，連忙站起身。

「真夏可以不用死了嗎……？」

晟生故作冷靜地說：「假如計畫一切順利的話。」

剛才始終在一旁靜靜觀察的真太郎，忽然打了個岔。

「可是啊，如果真能回到過去，最後不就只會前往平行世界，未來也會跟著改變嗎？假如能改寫過去的歷史，因果定律就會崩解，產生矛盾。若最後的結果是平行世界，不管我們怎麼掙扎，現在都不會有任何變化吧？」

真太郎的理論非常正確。因果定律瓦解，就是主張「不可能穿越到過去」的學派中最大的問題點。所謂的平行世界，也是為了填補因果定律的破綻才衍生的一種理論。

但晟生的想法，卻跟這個理論完全不同。

「唯獨某個理論，可以不使用平行世界假說，也能化解矛盾穿越時空。」

晟生這麼說，彷彿在等待真太郎提出這個質疑似的。

「就是約翰・惠勒這名世界級物理學者提倡的參與型宇宙論和參與型人類原理。it from bit。換言之，這個理論的想法是：我們所見、所聞及所觸之物，以及宇宙存在本身都只是單純的訊息，經由人類的觀測才能首次證實其存在。反過來說，如果沒有人類觀測，就連宇宙也不會存在。在『資訊造就世界』這一點上，我的假設跟這個假設有點類似。」

這時，晟生首次提出了自己設想的理論。

「我們人類堅信未來屬於未知，過去則是絕對不可變動。但實際上，為了避免矛盾發生，我們的記憶經常遭到篡改。真是這樣的話，又該如何解釋呢？雖然也有『世界五分鐘前』假說⋯⋯」

「是那個吧。」開口打岔的人正是勇作。

「我們的所有記憶只是被創造並植入腦內之物。就算世界是在五分鐘前才形成，也沒人能否定這一點。你是指這個假說吧。」

晟生默默地點頭。

「沒錯。『回想過去』這個行為是發生於此時此刻，只存在於自己的腦海中。過去並非不變，就算我們走過的時間，甚至連宇宙誕生都是五分鐘前才被製造而成的產物，也不會有任何人發現。如果我們的記憶經常像這樣被竄改，即使不刻意營造出平行世界，頭腦也會擅自捏造出因果定律毫無破綻的過去。」

當然，這只是晟生個人的假設。人類回到過去後會遭遇什麼樣的世界，誰也無從得知。但現在的晟生非常希望這項假說成立。否則連陽生賭上性命也想造出這台裝置的根本意義，也會變得漏洞百出。

「我剛才說的全都是假設。還有人堅持想回到過去嗎？」

昴毫不猶豫，第一個跳出來表明意願。但目前被離婚問題纏身的勇作，以及為失戀所苦的瞳卻沒有開口。

「牧先生，你覺得不回去也無所謂嗎？」

晟生對勇作提問後，勇作將身體靠上椅背，深深地嘆了一口氣。

「你之前不是說了嗎？我們之所以離婚，是在更早之前就一路積累至今的問題，跟那起事故無關。如果只能回到事故前一天，還得冒這麼大的風險，現況也不會有任何改變吧。」

晟生心想：沒想到他也有這麼懂事的一面。想歸想，卻沒說出口。

「我也沒辦法連自己的命都賭進去……而且，就算回到過去，我也能猜到結局有多悲慘。」

瞳也聳聳肩，苦笑著這麼說。

就情況的嚴重性而言，晟生也同意昴是最佳人選。

「如果剛才那些假設真的成立，那可不是鬧著玩的。既然他的決心那麼堅定，就讓那傢伙去吧。可是，那種時光機到底要讓誰來做？」

勇作提出疑問後，晟生盯著他說：「就是你啊。」

「啥！不不不、不行，沒辦法啦！我怎麼可能……」

勇作驚慌失措，用力搖搖頭。

「沒問題，我會提供設計圖，牧先生只要把時光機做出來就行了。牧先生的公司不是變成ＤＮ重工的子公司了嗎？只要結合你和ＤＮ重工的實力……」

勇作立刻反駁：

「想也知道不可能！我可不是抱著玩玩的心態在做事耶。再說，我要怎麼跟上級開口？『我想做一台時光機，請助我一臂之力』？誰會相信這種鬼話啊！」

「就因為有可能成功，我才會這麼說。」

晟生能說得如此篤定，是因為有非常明確的理由。

「……DN重工，就是真夏的父親任職代表的公司。」

昴低聲嘀咕道。晟生早已掌握了這項資訊。

「咦？你說DN重工？真夏居然是那種大企業的千金小姐啊！」

瞳不禁瞪大雙眼。

「似乎是這樣沒錯。而且她的祖父還擔任理事。既然上面有這些巨頭在，應該至少會聽聽你的說法吧。」

勇作沒被這件事嚇到，而是搬出錢的問題加以反駁。

「錢呢？錢要從哪來？你以為做這種東西要花多少材料費？就算是公司巨頭，也不能隨便挪用公司資產吧。光靠剛才的彩券獎金，根本湊不到那筆數目啊。」

「我來出吧。」

真太郎雙手環在胸前，從旁打岔道。

「不夠就跟我說，要多少我都給得出來。只要我稍微拿出真本事，錢就會源源不絕地進我口袋。畢竟有些壞傢伙賺了不少錢嘛。」

看到勇作一臉「你這傢伙到底什麼來歷」的表情，真太郎不懷好意地對他微微一笑。

勇作到現在還是猶豫不決的樣子。晟生正準備開口時，坐在最裡面的昴忽然起身，繞過座位走到勇作面前，當場下跪。

「牧先生，拜託你！請幫我救回女朋友真夏吧！只要是我能力所及，我什麼都願意做，所以請你幫幫我！」

昴將額頭貼地拚命哀求。其他桌的客人和店員也都察覺異狀，紛紛回頭查看。

「喂，不要這樣！」勇作連忙抓住昴的肩膀，昴卻依舊不願抬頭。面對堅決不動的昴，無奈只能屈服的勇作深深嘆了口氣。

「……就算你沒拜託我，我也不可能拒絕啦。」

雖然晟生聽不懂這話是什麼意思，但滿腹牢騷的勇作總算讓步了。

見狀，瞳在一旁嘀咕道：

「……我們這五個人之所以被捲進事故，或許就是為了拯救真夏吧。」

在場眾人的視線都集中在瞳身上。

「這不是很奇怪嗎？比任何人都深愛真夏的昴同學。雖然難以置信，但真的發明出時光機的晟生先生。個性彆扭卻技術精湛的牧先生。還有可疑至極，金錢方面卻能一把罩的真太郎先生。我……雖然還不知道能有什麼貢獻，但也想出一份力。我覺得這並非偶然。」

「我不太明白科學以外的事情，但如果能幫助真夏小姐，我也想試試看。」

晟生也表示同意。

「大家一起救救真夏吧。這一定就是我們被牽引至此的意義。」

聽到瞳這番幹勁十足的言論，跪在地上的昴，肩頭止不住震顫。

被逼到緊要關頭的勇作，彷彿早已認份般低聲問道：

「……什麼時候做完才來得及？」

「明年二月之前。」

「二月？那不就快了嗎？不可能啦！」

「所以才要快馬加鞭啊。我們得馬上跟DN重工談這件事。」

「我明天就去真夏的老家一趟！」昴自告奮勇地站了起來。

勇作雖然煩惱到最後一刻，卻也無意打退堂鼓。或許他其實很想完成昴的心願吧。

「那麼，『參宿四大作戰』就要借助各位的力量了。喔～～」

語氣還是一樣吊兒郎當的真太郎，幫這個計畫取了名字。

於是，穿越到未來的五個人，正式展開了「參宿四大作戰」。

第四章

# 獻給摯愛的人們

這已經是第三次到真夏老家拜訪了。

第一次去，應該是和真夏交往一年左右的時候。真夏的父親總是忙著工作，幾乎都不在家，那天卻難得打電話告知能回家一起吃晚飯。真夏認為機會難得，想把昴介紹給父母認識，便擅自定下這場飯局。

儘管事出突然讓他有些驚惶，但看到真夏雀躍的表情，昴實在難以推辭。就算他總丟下女兒不管，他依然是真夏的家人。

真夏的老家是一棟超乎想像的大豪宅，規模大到連玄關的位置都得找上一番。整座宅邸被高牆圍繞，厚重的大門居然還是自動開閉式設計，說不定會讓人誤認成某處的大使館。

但那天昴還是沒能見到真夏的父親。他在飯局之前臨時接到了工作。

「他常常這樣，我早就習慣了。不好意思喔。」

昂覺得真夏說話的神情，看起來傷得很深。

第二次去，是交往第二年的父親節。

對沒有父親的昂來說，這個節日跟他毫無關係，但他還是帶著跟真夏一起出錢買的威士忌前去拜訪。聽說她父親很愛喝威士忌。

「你就是真夏的男朋友啊？今年要考大學了吧？你要考哪間大學？」

這就是她父親說的第一句話。他用熟練的動作扣上袖釦，說待會兒又得出門一趟。

「我沒打算考大學。因為對烹飪有點興趣，所以會走那條路……」

「啊啊，是嗎？」父親沒把話聽到最後就打斷了他。

「……放輕鬆，當自己家。好好用功讀書吧，真夏跟男朋友都一樣。」

在幫傭阿姨的幫忙下完成準備後，父親就出門了。最後根本沒給他們贈送禮物的空檔。

在那之後，真夏就很少跟老家往來了。

當時真夏的父親並沒有把昂看在眼裡。沒有學歷的人毫無價值可言——昂覺得自己被貼上了這個標籤。他一定只把昂當成女兒短暫的戀人吧。關於這一點，真夏表現得比昴還要難過。

聽說真夏在病床上斷氣的時候，她父親也不在場。

雖然是從店長和真夏的好友那裡聽來的消息，不確定可信度有幾分，但的確很像那個父親會做的事。那種狀況反而更容易想見。

距離最後一次見到她父親已經事隔兩年，實際上卻是過去七年了。

跟他只打過一次照面的男人，到底還記不記得他呢？

「為什麼連我都要來啊……」

勇作穿著不合適的西裝，在真夏老家前抱怨連連。晟生也站在他身邊。根據晟生那遊走在法律邊緣的情報網掌握到的消息指出，真夏的父親再過一會兒就要回來了。

「不過，這家也太氣派了吧。他真的會見我們嗎？」

「我不會放棄的。」

昴說得斬釘截鐵。就算她父親不肯見他，他也會在這裡待到能見面為止。昴心中已經做好萬全的準備。

等了一會兒後，有台高級的黑色轎車緩緩減速開到家門口。確認過車牌號碼後，晟生斷言道：「就是那台車。」

三人直接擋在大門口，彷彿不讓車開進去似的。察覺到異狀的父親，從後座車窗探出頭來。

「奇怪，你……在這裡做什麼？」

「好久不見，我是佐野峯昴。您還記得我嗎？」

「啊啊，記得啊。你之後就失去音訊，還登上新聞了嘛。幸好平安回來了。」

「是的。有件事我無論如何都想跟您談談，今天才會登門拜訪。」

父親露出有點意外的表情。

「抱歉，待會兒我得在家裡審核文件才行。」接著用這個理由婉拒會面。

「請等一下！我真的很想跟您談談真夏的事！」

聽到那個名字，父親的臉明顯繃緊了一瞬。

隨後他將視線從昴身上別開，說了句「抱歉」。但話還沒說完，一旁的勇作就接著昴的話繼續說：

「喂，他不是說要跟你談女兒的事情嗎？你要不要下車聽他說幾句啊？」

勇作的態度十分猖狂，讓人完全不明白他為何要穿這身拘謹的西裝前來。父親問了句「你是哪位？」後，勇作也沒打算隱瞞身分，直接報上自己的公司和姓名。如果被發現是子公司的人，最糟的狀況說不定會被開除啊。昴不禁替他擔心起來。

但父親似乎認為再拖下去會沒完沒了，便下車將三人帶進家裡。

走進玄關後，三人立刻被領至客廳，幫傭阿姨將茶和點心放下後就出去了。牆上掛著一幅巨大的畫，雖然應該要價不斐，卻像塗鴉似的，完全不知道在畫些什麼。客廳正中間擺了柔軟的植鞣牛皮沙發和大理石桌。

「真夏已經不在人世了。事到如今再找我談也毫無意義。」

父親淺淺地坐在沙發上，將雙手交叉在面前低聲說道。

「如您所知，真夏在我被捲進那起事故的期間過世了。我忽然失去真夏，想見卻不得見。在那之後，我滿腦子都在想能不能回到過去。」

父親無法理解昴的話中含意，視線變得有些焦慮。察覺到這一點後，昴馬上切入正題。

「我有個方法，說不定可以讓真夏起死回生。」

父親對昴這句話嗤之以鼻。

「您可能覺得我說的話很荒唐……」

昴繼續說道。

「但說不定還有唯一一種方法，可以像我們失蹤時那樣，穿越蟲洞回到過去。」

別說是半信半疑了，父親根本不相信昴說的話。接著，晟生向父親說明了「參宿四計畫」的整體概念。起初父親還不肯相信，但聽了晟生的講解，他的表情出現了明顯的變化。

「這個計畫需要這位牧先生公司的技術，以及貴社最頂尖的技術。請問您願不願意助我們一臂之力呢？」

父親重新將手環在胸前，靠在椅背上仰望天花板。

「……但這種不切實際的計畫，不是我一個人能決定的……」

「拜託您！我真的很想再見真夏一面！我想看到真夏還活著的未來！」

昴站起身，拚命低頭懇求。父親的眉頭卻依舊緊鎖，沒打算和他對上視線。看到他的態度，昴覺得流竄全身的血液都因為悲傷與憤怒而沸騰滾燙。

「……一天到晚在外奔波，從來沒讓真夏吃過親手做的料理，連臨終前都讓她孤單一人。身為這種父親，難道您不覺得丟臉嗎？這個方法說不定可以讓她逃過死劫，您卻什麼也不做，真的不會後悔嗎！」

昴心有不甘地用力握緊拳頭。這個男人到底要披著「大企業社長」的外皮到什麼時候？此刻昴希望他能以真夏父親的身分和自己談話，而不是大企業的社長。

這時，一旁的勇作忽然大發雷霆地怒吼道：

「這牽扯到你女兒的性命耶！你還不懂嗎！」

父親猛然回神，抬起頭看向勇作。

「所謂的父親，就是不管發生什麼事，都得好好保護女兒才對。為了女兒賭上性命，就是父親的職責所在！你到底在猶豫什麼啊！說說看啊！」

父親被勇作的氣勢震懾，嚥了口口水。

「是啊，你可能覺得這個計畫很可疑，但我認為值得一試。我也知道你的地位變得太高，無法輕易做出決定。如果你不想扛責，可以啊，所有責任都算在我頭上，你就暗地裡從公司派幾個優秀的員工過來。資金也由我們這裡籌備。如果還有其他怨言，就盡管說吧！」

被勇作這麼一罵，父親似乎無法接話，完全安靜下來。

昴沒想到原本對這個計畫興趣缺缺的勇作，居然會為他說到這種地步。晟生也有同感。這或許就是勇作為人父的那一面，只是昴和晟生不知道罷了。

最後，真夏的父親終於無可辯駁，默默地點頭答應了。

「我女兒……真的可以逃過死劫嗎？」

父親用微弱的聲音這麼問，語氣跟剛才判若兩人。

「雖然無法百分百保證，但我們想將可行的方法全都試一遍。」

聽到晟生這句話，父親像個洩了氣的皮球，整個人變得彎腰屈背。

這或許就是他身為父親毫無矯飾的一面。

他甚至主動說出「我沒辦法動用公司資產，但我的個人資產多少有點幫助。」這種願意幫忙的話。

「昴。」聽到真夏父親的呼喚，昴在玄關口回過頭來。只見完全喪失威嚴的他低聲說道：

「如今讓我代替女兒跟你說句話吧。謝謝你從沒放棄真夏……真夏一定在你身上獲得了救贖。」

他露出有些落寞的笑容說：「現在我完全能理解了。」

＊

參宿四大作戰開始後，這五個人就常常聚在「Bel Momento」，儼然把這裡當成行動據點。他們佔據了最後方的桌位，以晟生為中心圍成一圈，像極了某個海盜集團。這樣的話，昴應該就是船上的廚師吧。

每個人點的義大利麵口味向來都是固定的。晟生是蒜炒義大利麵，真太郎是本日特餐，瞳是肉醬義大利麵，勇作是茄汁炒義大利麵。此外，晟生的咖啡會加一包半的糖。真太郎不喜歡番茄，絕對不能加到麵裡。瞳一喝醉就會很難搞，一定要調低酒精濃度。勇作的茄汁炒義大利麵就是要撒滿起司粉。工作結束後，昴也會直接加入會議。

會議途中，勇作拿著菸站了起來，不知為何把昴也一起叫了過去。於是昴一頭霧水地跟在他身後。

「我說你啊，真的做好心理準備了嗎？」

或許是因為香菸的煙霧燻眼，勇作瞇著雙眼這麼問。

昴給出肯定的答覆後，勇作就用打量的眼神盯著昴看了一會兒，隨後緩緩嘆了口氣。

「昴啊，我欠你一個人情。」

昴以為自己聽錯了。他試著追溯記憶，卻不記得自己何時幫過勇作。

「我們全家人被你，不，是被你女朋友拯救了。」

勇作將變短的菸蒂放進菸灰缸捻熄。

「你說真夏嗎？」聽到昴的回問，勇作說了聲「是啊」並轉過身子。他嘴上又叼了一支新的菸。

菸頭像秋天的螢火蟲一般，散發出耀眼的光芒。

「說到底，我的工廠之所以會納入她父親公司旗下，也是她幫忙牽線的。」

這時昴才第一次聽說，真夏和勇作的家人透過被害者家屬互助會互相認識的事。他完全沒想到他們會以這種方式有所牽連。

「聽說你的女朋友一直在等你，直到最後一刻都相信你會回來。」

昴完全說不出話來。

那起事故之後，他曾懷疑真夏是不是放棄了一切。昴離開前和她大吵一架，還忽然消失不見，就算她對昴的感情因此冷淡也無可厚非。在真夏最痛苦的時候無法陪在她身邊的懊悔，隨著時間流逝與日俱增。想見卻不得見。原來真夏一直以來都過著這樣的生活。他越體會，自責感就越強烈。

但真夏並沒有放棄，一直苦苦等待，直到最後一刻都相信著昴，沒有拋下希望。

昴覺得眼底發熱，忍不住用手摀著雙眼。

「臭小子，別哭哭啼啼的。」正在吞雲吐霧的勇作罵了他一聲。

昴吐了一口長氣，平復躁動的心情後，好不容易才忍住淚水轉向勇作，小聲說了句「對不起」。

「所以你一定要回到她身邊。否則我在你跟你女朋友面前，一輩子都抬不起頭來。」

這種道謝方式確實很有勇作的風格。雖然頑固，卻充滿昭和男子的人情味。但他要感謝的人應該是真夏吧。正因如此，勇作才只能藉由昴救回真夏這件事，來償還這份人情。

「我一定會把她救回來。」

昴下定決心如此宣言道。

「哦。」勇作聳聳肩後，又吸了一口菸。

「……至少不能變得跟我一樣。」

緩緩吐出的白色煙霧，裊裊上升後馬上就消失了。如煙霧般消散的時間脆弱又無常，或許勇作再次體會到這一點了吧。

勇作在研究室中拿出離婚協議書之後，昴就不知道他跟家人之間進展如何了。但勇作應該跟他一樣，被捲進那起事故後，就面臨了無可預期的未來吧。

「但不管再怎麼想，直到死之前，我都還是家族的一份子啊……」

昴覺得不開口才是正確的選擇，於是什麼也沒說，只是默默聽著。他就是碰巧聽見勇作的自言自語而已。

昴回想第一次見到勇作時，他也像這樣躺在椅子上鼾聲大作。結果「參宿四大作戰」會議一路開到凌晨，最後勇作喝了十杯以上的啤酒，就這麼倒在店裡的沙發上。瞳和晟生像情侶一樣倚著彼此的肩膀睡著了。天空早已破曉，清晨的柔和日光從窗外灑落而下，溫柔地照耀著熟睡的三人。

店長將店面和這群人的善後工作交給昴後，就先行離去了。

「抱歉啊，昴小弟。還讓你負責收拾。」

真太郎這麼說。他已經移動到吧台區，還在喝紅酒。

「沒什麼。」昴在廚房水槽清洗碗盤並回答道。他的意識已經完全清醒，一點也不睏。

說不定真能回到過去。因為晟生說了這個異想天開的提案，昴的未來忽然就有了意義。或許可以創造出真夏還活著的未來。光是這樣，就讓昴的心跳猛烈加速。就算能陪在她身邊的人不是現在的自己也無所謂。在真夏的性命之前，這點小事根本不會讓他心生猶豫。

剛才聽真太郎說，他跟晟生以前曾在養護設施生活過一段時間。昴忍不住心想：就如瞳所說，我們五個人果然是被命運牽引在一起。

「可是，為什麼晟生先生願意為我做到這一步？」

擦拭玻璃杯的同時，昴將這個疑惑已久的問題問出口。

若只有昴一個人，根本想不出這種計畫。雖然很感謝晟生幫忙，但他為什麼這麼想拯救真夏，不惜關切到這種地步呢？就算是牽扯到人命，晟生也沒有任何義務。他甚至懷疑過晟生跟真夏的關係。

「……因為晟生把自己的夢想託付在你身上了。」

真太郎這麼說，並將最後一杯紅酒倒進自己的酒杯。

「夢想？」

不明所以的昴停下手邊動作，看向真太郎。

「晟生原本有個哥哥。要追溯源頭的話，其實一開始製作那台裝置的人是他哥哥。我說過是在養護設施認識他們的吧？他們的父母年紀輕輕就走了，他哥真的很想讓父母起死回生，才會拚命學習製造時光機的方法。可是夢想還沒實現，他哥也離開了。」

真太郎拖著腮幫子，看著紅酒杯，彷彿在遙想很久以前的事。

「但那台裝置無法將訊息傳送到完成日之前的時光。要是連未來的訊息都接收不到，就真的無計可施了。晟生已經沒辦法用那台裝置救回父母和哥哥，但你還能救回女朋友。總而言之，參宿四人作戰是晟生和他哥哥最後的希望。」

「不要把別人的家務事說得這麼順口好嗎？」

昴轉過頭循聲望去，發現本來已經睡著的晟生正看著他們。

「抱歉啊。」真太郎聳聳肩。晟生也走到吧台區坐了下來，跟真太郎隔了一個座位。

昴問他想喝什麼，晟生要了一杯咖啡。

「不只是這樣而已。」

雖然不知道剛才的話題晟生聽了多少，但他開口這麼說。

「我必須跟昴先生道歉才行。」

說完，晟生拿出一張紙讓昴過目。昴將咖啡放在他面前，戰戰兢兢地拿在手上，發現紙上寫了幾行字。

【電車　吵架　情侶　拉進來】

「過去的我收到了這則訊息。起初我完全看不懂這些字的意思，但事故當天看到昴先生和真夏小姐時，我才明白這則訊息是在描述二位。當我理解這些字的意義後，她已經走出電車，門也關上了。對不起，如果當時我能馬上察覺，就不會造成憾事了。」

昴完全無意責怪晟生。畢竟在那之後，晟生已經為他們付出太多了。

「沒關係。我一定要回到過去救回真夏。所以晟生先生，請你助我一臂之力。」

昴再次深深低頭懇求。晟生回答：「一定竭盡全力。」

「真是青春啊。」真太郎舉起酒杯，勾起一抹冷笑。

「開什麼玩笑。我們已經給店家添麻煩了，喝完這杯就把大家叫醒，趕快回去吧。」

晟生不高興地瞪了真太郎一眼。不知怎地，昴覺得這兩個人就像親兄弟一樣，讓他這個獨生子看了有點羨慕。

*

晟生心目中的時光機構造，要運用到潛水艇的耐壓殼系統。

為了將蟲洞內時空扭曲的壓力抑制到最低限度，他希望交通工具能設計成球體。因為球體最為堅固。

此外，承載人體的耐壓殼周遭還要再覆上一層耐壓殼，打造成雙重構造。兩層耐壓殼之間架上一種名為「驅動器」的動力支撐裝置，將施加的能量轉換成物理運動。時光機會因應不均等的時空扭曲，承受不同的重量，這麼一來時光機內部就得以支撐。外側裝上小巧的圓形觀景窗兼艙口，以及可遙控操作的引擎。為了在軌道上運行，還加裝了車輪。

如果車輪和外裝不幸噴飛，遭到擠壓也不礙事。總之只要耐壓殼和坐在裡面的人，也就是昴平安回到過去，就算成功。

然而，要製造出耐壓殼那種精密的球體並不容易。要讓真球度盡可能趨近於1，就要花費更多時間和經費。

唯一值得慶幸的是，這台機器不是科幻電影裡那種要透過複雜內部構造才能起飛的時光機，只要達到在軌道上行駛和通過蟲洞的目的就行。所以內部構造可以設計得很精簡，只要有引擎、加速器和煞車的開關即可。

晟生提議用陶瓷電氣硬化超合金作為時光機的素材。這個材質在二〇一九年還不存在，其金屬性質可以透過施加電力而硬化，相當神奇。強度勝於目前世界上發現的所有金屬，耐力表現十分優秀。鑑定硬度的基準「楊氏模數」數值，更是遠高於鑽石數十倍，可謂天壤之別。

這種金屬要用3D列印機加工。在日本也只有寥寥幾間工廠能進行這種加工作業，其中一間正好就是勇作的工廠。沒錯，就是勇作堅決反對，採用最新機械的加工技術。

目前最大的問題，就是離計畫執行日不到四個月的時間。

勇作將動力支撐裝置（驅動器）和引擎委任ＤＮ重工派來的員工製作。他在辦公室跟設計圖大眼瞪小眼時，他的部下松崎走了進來。

「咦？社長，你在做什麼？」

勇作還來不及藏，松崎就探頭看向攤在桌上的那張設計圖。

「這……這是什麼？上面寫著時光機耶。」

松崎百思不解地歪著頭問。不得對外透露參宿四大作戰的內容，這是他們的鐵則。如果計畫鬧得太大，他們擔心實行時會出現弊端。於是勇作著急起來，隨便找了個藉口。

「不，這是……名為時光機的未來汽車模型。這次上級指示要製作試作車款……」

「哦，感覺很有趣耶。」松崎興味盎然地摸摸下巴上的鬍子，仔細盯著設計圖。

「咦？車體要用陶瓷電氣硬化超合金嗎？為什麼要特地用這種材質製造車子？

成本跟重量都比鋁高上許多，而且車子有必要打造出這種強度嗎？」

「上級應該想做出強度堪稱世界第一的汽車，但應該很難落實在一般民眾身上。可能是活動專用的訂製品吧。」

「什麼時候要交貨？」

「二月。」

如果這是二〇一九年的過去，松崎早就驚聲尖叫了吧。畢竟根本不可能這麼快交貨。但現在的松崎卻說「那就得馬上開工了」，一副游刃有餘的樣子。

讓松崎如此從容的原因，就是勇作反對到底的3D列印機。如果沒有那台最新機器，不可能在這麼短的時間內將那種金屬加工成正球體。勇作心裡也很清楚。

但先前老是破口大罵的勇作，一旦認同這項技術，就會牽扯到威信問題。他知道除此之外別無他法，卻還是礙於那份固守僵化的自尊心，不肯依賴下屬。

松崎應該從現場氣氛就能感受到勇作的心情了。他臉色一變，轉身面向勇作後，就深深低下頭說道：

「社長，請你相信我們一回吧。我們根本沒有動過篡奪工廠的念頭，只想將更多不可能化為可能而已。我們想以過去的技術和智慧為基礎，開拓加工業的前景，培育未來的技術人員，為世界做出貢獻。」

他第一次聽到松崎說出這麼熱情澎湃的話。勇作失蹤的這五年間，他變得比過去更加成熟進步。想必是用努力和忍耐，克服失去領隊的不安情緒吧。努力後獲得的成功體驗，一定會帶來自信。不論是好是壞，都能培育出技術人員的自尊心。可是松崎更沒有忘記對勇作的尊敬和禮儀。勇作看人的眼光果然沒錯，松崎已經蛻變為氣度非凡的男人了。

在這樣的他面前，死抓著自尊心不放的自己簡直傻得可以。上級的職責並非只有單向教學，而是要得到下屬的支持，從中學習，請他們協助自己實現夢想。曾幾何時，勇作竟然忘記了這一點。

「……時間不多了。能不能教我怎麼使用3D列印機？」

勇作覺得丟臉，低著頭這麼說，聲音還變得有點尖細。

但松崎沒有馬上回覆，於是勇作戰戰兢兢地抬起頭。只見松崎雙肩震顫，整張臉皺成一團，激動地哭了起來。

「夠了，男子漢不要動不動就掉眼淚。你們這些傢伙真讓人受不了。」

勇作握拳輕敲松崎的頭。松崎有點站不穩，但還是粗魯地用衣袖擦去淚水。

隨後，松崎挺直背脊，高聲回答道：

「是，社長！我也來幫忙！」

隔天，勇作組織了以松崎為中心的時光機製作團隊，連日在工廠常駐趕工。反正回家也沒人在，對勇作來說這樣正好。埋首於工作，就不必面對現實了。

晟生也幾乎每天往工廠跑，跟松崎一起盯著螢幕，交換彼此的意見。

用３Ｄ列印機製造的耐壓殼球體，作工確實很精密。像過去那樣將金屬壓縮做出半球體後，再用焊接技術使其相連。考量到耗費的精神、勞力和時間，這確實可說是未來技術的顯著成長。但３Ｄ列印機也會發生機率極小的瑕疵。儘管還在容許範圍內，但後續以電氣硬化技術提升強度後，就再也無法調整了。正因如此，在電氣硬化之前將球體打磨得更加細密，就是勇作將過去培育的技術發揮得淋漓盡致的時候。

勇作始終相信，不管時代如何進步，機器還是贏不了人力加工。只要世上還存在胸懷大志的技術人員，就算已經邁入９９％都能以機械代工的時代，完成最後１％的技術，機器還是敵不過人力。

勇作讓那些和自己不一樣，有家人等待的員工全都回去了，獨自留在工廠進行打磨作業。這時有個聲音說道：「差不多該歇會兒了吧。」

他回頭一看，那人竟是依子。依子將包上保鮮膜的盤子和叉子，放在勇作工作區域旁邊的桌子上。那是勇作最愛吃的茄汁炒義大利麵。

「你最近是不是瘦了？要按時吃飯，不然沒體力要怎麼工作。」

依子離家出走後，勇作幾乎每天都靠超商便當果腹。雖然味道不算差，但還是會吃膩。天天都吃一樣的東西，食慾自然也會跟著降低。

除了主菜之外，旁邊還放了三、四個小碗及味噌湯。此時此刻，勇作才切身體會到依子每天為他準備晚餐的恩情。除了三餐之外，他當然也很感謝依子為他打掃、洗衣和採買日用品。依子從來不曾讓勇作感受到一絲不便。

為了這個從不言謝也不道歉的男人，她每天都在做這些重複的工作，將近二十年之久……或許該讓她解脫了吧。

依子說了聲「再見」，就轉身背對勇作離開。勇作看著她的背影說道：

「依子，就照妳的意思做吧，我會在離婚協議書上蓋章。但明年的二月四日妳一定要空出時間，把女兒跟女婿也一起叫過來。」

勇作不知道依子臉上是什麼表情，也不敢面對，只好埋首於眼前的工作。

*

瞳已經沒辦法再穿高跟鞋了。一整天都要為花卉補充水分，以為工作終於結束了，還得繼續換水、修剪花卉、處理、打掃等工作。花店的工作比她想像中還要辛苦。就這一點來看，跟服飾店的工作還有些相似。

乍看之下光鮮亮麗，實際上都是重體力勞動。更換沉甸甸的水桶和移動花盆等等，她之所以能勝任這些工作，沒有在途中累垮，就是拜在服飾店工作時培養出來的臂力所賜吧。

唯一不同的是，花卉才是店內唯一的主角。服飾店的主角自然也是服裝，但店員也得表現出符合門面的應對之道。為了提升顧客的購買意願，新品進貨時就得自掏腰包購買，搭配出能吸引顧客的穿搭方式。除了服裝以外，也要留意飾品、鞋子、鞋跟高度、儀態、妝容甚至髮型，才能獲得站上店面的資格。外人如何看待自己，這個答案應該跟自己的銷售成績息息相關。

但花店不一樣。為了襯托花卉的美麗，店員反而要樸素一點比較好。根本沒有顧客在意店員是否帶妝或穿高跟鞋。

習慣之後，瞳覺得心情輕鬆多了。現在顧客會請她幫忙製作花束，憑藉在服飾業培養的時尚品味和靈巧技術，這個才能也得以發揮，讓瞳漸漸對自己的內在產生信心。她覺得妝點外表所獲得的自信，和內在受到肯定體會到的自信，大概就像剛換盆的嫩芽和樹木一樣相差甚遠。

萬聖節過後，店面佈置轉眼間就變成了充滿聖誕風格的紅色和綠色。店門口放了一排聖誕紅盆栽，店裡到處都掛著聖誕花圈作為裝飾。店面正中央放了一株足足超過兩公尺的香冠柏聖誕樹，讓客人看得賞心悅目。

私底下，她也在參宿四大作戰進行期間，偶爾抽空和晟生單獨見面。瞳的工作因為進入旺季忙得不可開交，晟生也要常常到勇作的工廠協助時光機的製作，自然也閒不下來。但只要瞳開口邀約，晟生都不會拒絕，願意為她調整時間。

他們有時候會約在甜點相當可口的咖啡廳。瞳會花上好幾個小時，跟不太喜歡甜食的晟生講述甜點的重要性，例如能充分緩解壓力等等。有時候會約在天文館，換晟生花上好幾個小時講解宇宙誕生的假說。

只要和晟生在一起，他們就有聊不完的話題。彷彿原本分處兩個世界的人，對彼此世界的常識充滿興趣。

晟生的話題都會讓瞳驚嘆連連，總讓她聽得入迷，忍不住忘記時間。瞳那些無聊的閒話，晟生也會興致盎然地專心聆聽。

那天，瞳結束工作，晟生從勇作的工廠離開後，兩人約在「Bel Momonto」見面。當瞳因為比較晚下班，正在傳ＬＩＮＥ跟晟生道歉時，卻接到一通來電。

看到來電者的名字，瞳不禁僵在原地。

是元春打來的。兩人最後一次見面已經是三個多月前的事了，期間完全沒有連絡。幾週後就要舉行婚禮的男人，究竟為了什麼事才打給她？跟元春分手後的情傷好不容易才痊癒，看到手機螢幕上顯示的那個名字，瞳的心跳還是劇烈到可笑的地步。她知道不要接電話比較好，卻無法視而不見。

『……喂，小瞳？』

他用甜膩的嗓音在瞳的耳邊呢喃細語。瞳用力閉上眼睛，告訴自己不能陷進去，並問他打來做什麼。

『……我想再跟妳見個面。喏，平安夜那天是小瞳的生日吧？我想幫妳慶祝一下。』

她覺得心被狠狠揪住了，下意識壓著胸口，一不留神就會喘不過氣。元春就是這種人。他應該想趁結婚之前，最後再嚐一次禁果吧。反正一定是這樣。沒錯，他只是撥了通電話給對自己有意思，呼之即來揮之即去的女人。她知道，她當然知道，她再清楚不過，她完全明白。

掛上電話後，瞳急忙趕往晟生正在等候的餐廳。

已經見過好幾次的店長，在廚房裡指向最裡面的位置。瞳往那裡一看，發現晟生早已在座位上品嚐咖啡。昴今天不在廚房也不在大廳裡，應該是排休吧。

瞳慌慌張張地走向座位，為遲到一事跟晟生賠罪。

「怎麼了嗎？」

眼前的晟生用平常那種淡然的口吻問道。看來自己把心情寫在臉上了。因為表現得太過明顯，瞳很猶豫是否要找藉口帶過。

「對、對不起！下班的時候有點匆忙！」

「這樣啊。」

晟生沒有繼續深究。瞳因為如釋重負呆了一會兒，隨後被晟生催促點餐時，才又手忙腳亂地翻開菜單。她跟平常一樣點了肉醬義大利麵，又隨便點了個酒精飲料，沒頭沒尾地聊起了今天的天氣話題。

「出了什麼事對吧？不用勉強自己找話題。」

不知是晟生眼光敏銳，還是瞳太好懂了。大概是後者吧。

瞳大大地嘆了口氣，放棄掙扎，坦承了元春打給自己的事。

「前男友說想見我。」

晟生面不改色地聽著瞳的告白。

事到如今才說想見面，讓瞳一氣之下就掛上電話，但不知為何，心情還是鬱悶難消。

不僅和元春分手，還丟了工作。那天的事故是個轉捩點，徹底改變了瞳的生活。聽從晟生的建議，開始現在的工作後，她才慢慢放下對服飾業的眷戀。她以為往後也能像這樣漸漸淡忘元春的一切，實際上也快要忘記了，沒想到卻因為一通電話，自己的心就被動搖到這種地步。

明明被傷得那麼深，內心某處卻還渴望再見他一面，實在太沒用了。

晟生將咖啡杯放回盤中，低聲說道：

「有什麼關係。想見就去見他啊。」

他的口吻就像知道瞳在逞強，刻意在背後推她一把似的。不知怎地，瞳覺得自己在這句話中再次獲得了救贖。穿越到未來之後，就聽元春說要跟別人結婚；為了讓自己被他甩掉，不惜在他家門前苦苦守候；明知元春只想玩玩，卻還是想跟他見面。瞳覺得自己很沒用，卻有種被晟生肯定的感覺。

晟生沒有再多說什麼。他心裡或許毫不在乎，或覺得無言以對吧。說不定晟生那雙客觀的眼神，早已看透了瞳沒說出口的真心。

自己為什麼這麼傻呢？簡直就像賭博成癮的人。跟元春在一起不可能幸福，她明明再清楚不過，卻還是蒙蔽了心眼，選擇忽視對自己不利的因素。

瞳之所以把晟生約出來，就是為了排解失去摯愛的寂寞心靈。晟生應該也察覺到了吧。

「妳不吃義大利麵了嗎？」

晟生已經快把蒜炒義大利麵吃完了。

稍早前端上桌的肉醬義大利麵，明明跟那天和元春一起吃的完全不一樣，瞳卻還能從餘韻中感受到元春的影子。

*

回到家的晟生，一臉不高興的樣子。

在陽台上抽菸的真太郎跟他說了句「你回來啦」，卻沒得到任何回應。這陣子晟生每天都往勇作的工廠跑。十二月也接近尾聲，二〇二四年馬上就要結束了。

不知道明年地球，不，東京會因為流星雨來襲變成什麼樣子。但東京的夜晚今天也彌漫著微弱的光芒，一如往昔。

呼出的氣息化作白煙消失在黑夜中，已經分不清是香菸的煙霧還是吐息了。

真太郎仰頭望天，忽然定住視線，正好能在高空處看見失去右肩的獵戶座。對真太郎而言，冬季星座獵戶座意味著誓言。雖然他不知道晟生還記不記得。

「過來一下啦。」真太郎喊了三次，晟生才終於頂著厭煩的表情走出陽台。

「很冷耶。」

明明回來之後還繼續穿著大衣，這小子還真敢說。雖然穿著家居服的真太郎覺得更冷，但晟生似乎是因為別的理由才板著一張臉。

「幹嘛氣呼呼的啊。怎麼啦？」

「沒什麼。」晟生沒說什麼就低下頭去。他難得有這麼情緒化的反應，但真太郎馬上就看出端倪，勾起嘴角說道：

「……你也開始談戀愛了吧？」

真太郎一說完，晟生就明顯表現出驚慌失措的樣子。

看來猜中了。既然如此，對方就只能是瞳了吧。

五人齊聚於「Bel Momento」時，真太郎就發現晟生跟瞳談話的氣氛特別親密。沒想到晟生會愛上年紀比他大的女人。

「怎麼，還失戀啦？」

「我才沒有失戀。」晟生不服氣地說。

那張側臉，和晟生三歲時那副令人懷念的樣子重疊了。以前只因為找不到陽生的背影就會哇哇大哭的晟生，不知不覺已經長這麼大，一個人走了過來，真是不可思議。如果陽生知道那個晟生墜入愛河，他會怎麼想呢？一定會跟真太郎一樣拚命損他，為他高興吧。

「那就別露出這種表情，大聲喊出『我喜歡妳～～』不就得了？這樣應該會舒暢一點吧。」

「事情沒有這麼簡單……」

真太郎聳聳肩回答：

「你在說什麼傻話？世上沒有比愛情更單純的事情了。因為喜歡所以喜歡，除此之外還能做何他想？我告訴你，連談戀愛都要有理有據的男人，根本沒人感興趣。」

「……可是她還忘不掉那個人，我根本……」

「那又怎樣？法律有規定不能愛上心裡還有別人的女人嗎？不合理也無所謂，會錯意也沒關係。偶爾就該拋開先後順序，喜歡就要勇往直前，才能改變『當下』。不管是飛到未來或回到過去，我們只能活在當下而已。」

晟生依舊低著頭不發一語。

真太郎不禁苦笑。晟生這種戀愛白癡的個性，應該是遺傳到他哥哥吧。

「吶，晟生，你還記得嗎？」

真太郎背靠著陽台扶手，輕輕揚起下顎。在他的催促下，一旁的晟生也抬頭看向天空。

「陽生第一次失戀那天，我們是小學六年級，所以你才四歲……應該不記得了吧。」

晟生一臉疑惑地看著忍不住噴笑的真太郎。

真太郎到現在還記得陽生的初戀。

陽生喜歡上同年級的某個女孩子，卻單方面被她甩了。有一次陽生抓到機會跟那個女孩單獨聊天，他簡直樂瘋了，不停跟那個女孩分享當時他構想的時光機構造。

結果那個女孩好像丟下一句「跟陽生聊天的時候，他都盡說些聽不懂的事情，有夠無聊！」就走掉了。

真太郎雖然捧腹大笑，陽生卻十分沮喪。於是真太郎半夜帶著陽生和四歲的晟生跑出養護設施。

那晚正值寒冬，氣溫低到都要結冰了。陽生跟真太郎讓圍著圍巾的晟生坐在腳踏車後座，騎著腳踏車去海邊。當時真太郎被某部黑道電影的台詞影響，遇到不開心的事就常往海邊跑。

【想哭的話就到海邊去，就會明白自己的眼淚是何等渺小】

三人在沙灘上排排坐，真太郎說：

「只是被女人甩掉而已，別沮喪成這副德性，成何體統！只要以後做出超厲害的時光機，賺很多錢，再找個更好的女人不就行了！」

聽到這聲喝斥，陽生還是迷茫地望著海浪，遲遲無法放下。

真太郎變得有點意氣用事，面向大海大吼一聲：「混帳東西——！」

「來，陽生也喊出來！這樣心情會舒暢一點！」

陽生似乎覺得害羞而欲言又止。

結果不顧他的反應，口齒不清地喊出「混帳東西——！」的人，是晟生。

晟生應該不知道是什麼意思，卻覺得很有趣，便在傷心的陽生旁邊不斷喊著同一句話。見狀，真太郎和陽生看著彼此笑得東倒西歪。

陽生終於抬起沉重的身子，緩緩跑到海岸邊放聲大喊。

混帳東西——！

不准說我無聊——！

以後我一定會讓妳後悔莫及——！

「很好，很好！女人跟天上的星星一樣多嘛！」

晟生開心地抱著陽生的腳，笑得不亦樂乎。看到陽生憐愛地將晟生抱起來的樣子，不知為何，真太郎感受到一股椎心之痛。

於是他忍不住脫口而出。

「陽生，你還有晟生在啊！這樣還有什麼不滿啊，太貪心了吧！哪像我……只有孤零零一個人！」

無意間變得越來越粗暴的語氣，讓他更覺空虛。真太郎真的很羨慕陽生。雖然他把陽生當成好朋友，但剛剛那一瞬間，心中卻出現難以抹滅且無可比擬的孤獨感。沒有人疼愛自己、需要自己，他根本就不該被生下來。儘管陽生十一歲時失去了雙親，但他過去確實備受疼愛。真太郎發現自己跟陽生之間存在某種決定性的差異。他知道陽生並沒有錯，卻還是忍不住嫉妒。真太郎覺得這樣的自己又遜又沒用，緊咬下唇低下頭去。

也不知道陽生懂不懂真太郎的心情，只見他彷彿靈光一閃般開口說道：

「那我們就變成一家人啊。」

真太郎目瞪口呆地抬起頭，陽生露出一口皓齒笑了起來。

「從今天開始，我們就是三兄弟了。好不好，晟生？」

陽生對抱在懷裡的晸生這麼問。晸生看著真太郎，悠悠哉哉地說「好啊」。

到今天為止，真太郎從沒想過自己能變成某個家族的一份子。他認為家庭是幸福的象徵，這種組織根本沒有能容納自己的空間，但或許不是這麼一回事。只要能認同彼此，將對方視為必要的一份子，往後或許就能以各種形式組成一個家。不合乎法律也無所謂，沒有血緣關係也罷。家族真正的意義，或許只是「心靈相繫」的一個代名詞。

「我們來發誓吧。」陽生瞭望著天色陰暗的海濱，指著天空說道。

「對了，就跟那三顆星星發誓吧。」

陽生指著高掛天空的獵戶座，並排在正中央的三顆星星。

「我們就是那三顆星星。往後不管離得多遠，我們的感情絕對不會消失。我向那顆星星發誓，我們就是一家人。怎樣，很帥氣吧？」

陽生一臉賊笑地說。剛剛那副沮喪至極的樣子，好像都是裝出來的。

雖然很不甘心，但真太郎覺得當時的陽生真是帥呆了，比他以前看過的所有黑道電影裡的流氓都帥上千百倍。

「我們是一家人啊，晟生。所以不管你傷得多重，我都會幫你收拾爛攤子。你只要毫不畏懼，奮勇迎戰就行。」

真太郎跟那天一樣，抬頭看著那三顆並排的星星這麼說。

晟生雖然默默地再次仰望夜空，但真太郎發現他的手緊握成拳，似乎下定了決心。

「阿真，我有事情想問你。」

晟生忽然這麼問。

「你為什麼要為了我們動用重要的存款？我根本無以回報，這也不算投資。難道就因為我們是一家人嗎？」

真太郎把所有積蓄都借給晟生了。為了不讓晟生擔心，他私下也在賺錢，目前的處境甚至可以追加投資金額。

因為是一家人——的確也有這個因素在，但不只如此。

「傻瓜，我又不是做慈善事業。」

晟生一臉驚訝地看著真太郎。

「我是用那筆錢買下你跟陽生的夢想。我只是覺得，這夢想比世界上任何東西都來得有價值。」

晟生的眼中微微泛出淚光，低聲說了句「謝謝」。

「如果情況沒有演變至此，你打算把那筆錢用在什麼地方？」晟生再次詢問。

真太郎聳聳肩說道：

「啊啊，我對花錢沒興趣耶。我想想……應該會在養護設施屋頂上瘋狂撒錢，當作報恩吧。」

「果然沒錯。」不知怎地，晟生深感同意地點點頭。

真太郎問他這話什麼意思，晟生抬頭看著獵戶座輕聲說道：

「因為阿真比任何人都為家人著想啊。」

*

十二月二十四日平安夜當天，晟生穿過熱鬧繁華的大街，趕往瞳工作的那間花店。這天，瞳答應要跟前男友見面。

瞳親口對晟生說，現在正值工作旺季無法排休，所以會工作到傍晚再去跟前男友會合。

瞳工作的花店靜悄悄地佇立於小巷中，離品川站約有十分鐘的路程。晟生這輩子從來沒去過花店，他在外面窺看店內好一會兒。今天走出家門後，他就一刻也靜不下來。或許是因為像這樣忽然來找瞳的關係，但還有其他原因使然。他摘下平常戴的眼鏡，改戴隱形眼鏡，所以有種視線變開闊的感覺。

他不是真的接納了瞳勸他戴隱形眼鏡的建議，但他的確想讓瞳多看他幾眼。過往的人生中，從來沒有這種想被某人關注的念頭。

總不能一直在店門外徘徊，於是他看準店裡沒有客人的時機，下定決心走了進去。

店裡播放著輕快的聖誕歌曲，正中央還有一株巨大的聖誕樹裝飾，似乎是貨真價實的樹。纏捲在樹上的LED燈以不規則的頻率閃爍著。

「咦……晟生先生！」

晟生忽然來訪，讓瞳驚訝地瞪大雙眼。

「哇，你沒戴眼鏡耶！好新鮮喔！嗯，真好看！這樣果然很適合你！」

儘管晟生不請自來，瞳也完全沒有表現出厭煩的態度。雖然還有其他店員在，卻都在後方各自忙碌，沒有湊過來。

「你要送禮物給別人嗎？」瞳這麼問。晟生還在煩惱怎麼回答，結果瞳就幫他做了一束五千日圓左右的花束。

瞳偷偷確認了店裡的時鐘一眼。現在是下午四點半。

「我今天下午五點就下班了。」

說話的同時，瞳手腳俐落地從展示櫃中抽出幾朵以紅色調為主的花。「我之前跟晟生先生說過了吧？」還故意裝傻吐出舌頭。

瞳今天給人的感覺，跟晟生第一次見到她的時候差不多。華麗又帶了點帥氣風格的妝容，頭髮也做了漂亮的造型。她用塗了美麗酒紅色指甲油的指尖，將花束中多餘的莖葉挑出來。

「這束花是要送給女人嗎？」

基本的前置作業完成後，瞳將視線轉向晟生。晟生姑且先點點頭。

「那我告訴你一個有用的小常識。」

瞳先到店後方一趟，抱著裝飾在店門口的看板走回來。

「玫瑰的意義會因為數量不同而改變喔。你可以參考看看。」

看板上寫著數量不同的玫瑰花語大全。一朵是「一見鍾情」，兩朵是「世上只有我和你」，三朵是「我愛你」，全都是晟生說不出口的浪漫詞彙。他的臉頰不自覺變得滾燙，為了掩飾自己的失態，他將手放在嘴邊咳了幾聲。但在花語這一關逃避的話，往後他一定會養成處處逃避的壞習慣。晟生想起跟真太郎說過的那些話，鼓起勇氣選了最貼近此刻心情的一種花語。

「那給我七朵吧。」

晟生害羞地低著頭回答。

瞳將包含了七朵玫瑰的花束綁上蝴蝶結，交給晟生。

「希望你的心意能傳達給她。」

瞳笑容滿面地鼓勵他：沒問題，畢竟是聖誕節嘛。

畢竟是聖誕節——這句話到底有什麼魔力呢？

宇宙是起源於大爆炸或暴脹，正確來說是被稱為「初期奇異點」的某個位置。晟生的思考模式，是以這個研究成果為大前提衍生而來，立場跟神創論完全不同。科學家當中自然也存在有神論者，但至少在日本國內，應該沒多少人會在聖誕節認真為基督慶生吧。遺憾的是，晟生也不是有神論者。

了。

當他獨自在腦中爭辯各種理論，遲遲無法切入正題時，瞳的上班時間已經結束了。瞳留下一句「拜拜」，就急忙跑回休息室，晟生只能眼睜睜看她離開。無奈之下，他只好走出花店，卻還是不肯放棄，決定在店門口等一會兒。隨著路燈的影子逐漸拉長，太陽慢慢西沉，冰冷刺骨的寒意也等比增加。

過去他也等過瞳好幾次。在被她約出來的餐廳裡，在約定會合的車站前，有時候在你來我往的ＬＩＮＥ對話框中。這些等待的時間應該都不算長，他卻覺得無比漫長，彷彿時鐘壞了。明明跟瞳見面的時間都轉瞬即逝。

在一身藍色洋裝外披著大衣的瞳，從店裡衝了出來。

「咦，晟生先生，你還在啊？」

一看到晟生，瞳踩著高跟鞋跑到他身邊。

「還有什麼事嗎？」瞳看了眼手錶這麼問。

晟生現在也不明白自己到底想說什麼。

他就只是沒來由地想見瞳一面。晟生知道瞳忘不了那個人，也知道她其實很想去見那個人，但晟生還是邁開腳步朝著瞳走去。

「生日快樂。」

說完，晟生將剛買的那束花遞到瞳面前。

瞳臉上明顯表露出疑惑的神色。

「咦……謝謝，但我待會兒要跟前男友……」

「我尊敬的愛因斯坦，生前說過這個笑話。」

聽到晟生忽然說起毫不相干的話題，瞳雖然一臉困惑，卻還是停下腳步聆聽。

「跟可愛的女孩共度的一個小時，感覺卻像只有一分鐘。但坐在炙熱的火爐上一分鐘，卻覺得像一小時那麼久。這就是相對性。」

瞳不明所以地歪著頭。

「時間並非固定，而是會隨著狀況延長縮短。這可說是完美融合心理時間和相對論的笑話吧。遇到瞳小姐之前，我其實不太懂這個笑話的意義，但跟妳共度之後，我就漸漸明白這個笑話的意義了。」

瞳一臉為難地說：「你說我很可愛……？」

「不，不是這個意思，但以這個笑話為基準來思考的話，和喜歡的人在一起應該也有同樣的感覺。」

「咦？那你是說我不可愛嗎？」

這次瞳露出有點生氣的表情，瞇起雙眼問道。

「不，怎麼可能呢……但我想說的是……」

心臟劇烈跳動到近乎疼痛的地步，害羞到快要噴出火來了。打從出生以來，他確實是第一次體會到這種心情。

儘管如此，晟生還是更想將心意傳達給她，想看看她會有什麼反應。

於是晟生下定決心，看著瞳說：

「……我好像喜歡上妳了。」

瞳一臉驚愕地回望著晟生。

「所以，拜託妳不要去。」

晟生這太過突然的請求，讓瞳呆站在原地不停眨眼。

「但之前在背後推我一把，鼓勵我去見他的人也是晟生先生……」

「我不想再看妳受傷了。」

聽他這麼說，瞳皺緊眉頭別開了臉。

「今天是瞳小姐的生日。我覺得妳一定是故意挑這一天讓自己受傷。」

晟生感受到一股椎心之痛，彷彿玫瑰的刺扎入神經，又或許是毒針，讓他有種肺部被擠壓的窒息感。身體出現這種前所未有的變化，讓晟生手足無措，覺得自己漸漸失去自我。這股莫名的忐忑，隨著血液在全身各處循環流竄。

「……如果我還是想見他呢？」

瞳垂下肩膀，垂頭喪氣地輕聲低語，聲音聽起來虛弱又無助。晟生看著沮喪的瞳說：

「儘管如此，我還是可以阻止妳嗎？」

瞳緩緩抬起頭。在路燈照映下，臉頰上的淚痕正閃閃發光。

晟生的耳朵深處不斷傳來脈動聲。這都是有生以來的初次體驗。

瞳伸出手，將晟生捧在手中的花束抱進自己胸口。

「……『雖然一直沒說出口，但我喜歡妳』……」

瞳看著那七朵玫瑰，臉上綻出一抹溫柔的笑。

「吶，這算告白嗎？」

她開心地看著聽到問題變得狼狽不堪的晟生。接著，她嘆了口長氣。

「我真的很傻耶……我不去了！」

瞳在附近的人行道護欄坐了下來，斬釘截鐵地說。

她說了聲「忽然覺得無所謂了」便仰頭望向天空。獵戶座今天也在天空彼端綻放著光芒。

「吶，你知道嗎？」瞳向晟生搭話道。

「獵戶座代表的獵人俄里翁啊，是個超級好色鬼喔。他現在變成星座之後，還一直在追普勒阿得斯七姊妹呢，真是爛透了。」

晟生第一次聽到這個故事。畢竟他以前對希臘神話這種不科學的事物興趣缺缺。

「但俄里翁也在不知不覺中消失了呢。」

在不同人眼中，失去右肩的星座或許只是普通的星辰。

「他一定是跟著那起爆炸消失的吧。」

晟生從來沒談過戀愛。

才被對方耍得團團轉，體會到執著、獨佔、流淚和悲傷的滋味，離別卻說來就來。他覺得談戀愛只是在浪費時間。光是看到喪失理智，為了如此不確定的感情捨身奉獻的人，他就覺得好丟臉，不想變成那種可笑又沒用的笨蛋。可如今看到眼前想跟上一段戀情告別的瞳，他卻覺得美得無與倫比。

「過來一下。」瞳對他招招手。晟生走過去後，瞳就對他伸出右手。

「可不可以握一下我的手？既然要阻止我，至少要負起這點責任吧。」

晟生小心翼翼地伸手握住瞳的手，感覺又冰又涼的，實在不像活人的手。他下意識說了聲「好冰」，瞳就笑著說「女孩子都是這樣」。

瞳的纖纖玉指溫柔地回握住晟生骨節分明的手，晟生覺得心臟好像轉移到交握的手掌之間了。他的所有神經都集中在手上，試圖從相連的手掌分析出她的生態。

「晟生先生，你的手好溫暖。」

瞳看著兩人交握的手說道。

「你是為了我才戴隱形眼鏡嗎？」

接著瞳揚起視線，看向晟生的眼眸。

他覺得瞳好可愛。不是客套話，是真心這麼認為。

晟生輕輕點頭，瞳也心滿意足地微微一笑。

「如果過去改變了，現在這段記憶，可能也會在不知不覺間被竄改吧？……那就再讓我多感受一下此刻的心情吧。」

再多一分鐘，不，再一小時，至少持續到天色破曉為止。晟生也在心中如此祈願。

假如時光機順利抵達過去，引發了足以改變過去的事件，那搭上同一班電車的兩人，命運一定也會受其影響吧。未來他還能跟瞳再次經歷如此美妙的時光嗎？想必不可能吧。

在那場混亂當中，比起連名字都不知道的晟生，瞳一定會跟同為女性的真夏說話吧。如果瞳沒主動開口，過去的晟生根本不可能和她搭話。他們就會像這樣漸漸失去接觸的機會，最後變成「同為事故被害者」的普通關係。

在晟生心中開始萌芽的這份感情，一定不會開花結果。一思及此，晟生終於確信了。

這份無以名狀的椎心之痛，正是戀愛的證明。

第五章

# 參宿四大作戰

直徑兩公尺的時光機終於完工。昴的手機接到這個通知時，已經是隔年一月接近月底的時候。時光機快要完工的時候，他有試乘一次，也學會了引擎的啟動方法。艙內空間只能勉強容納一人，裡面只有方向盤、引擎、油門和煞車的開關，以及小型觀景窗兼艙口而已。真的只是為了通過蟲洞而造的產物。

他們緊急召開參宿四大作戰最後一場會議，地點當然是選在「Bel Momento」。

「今天別點肉醬義大利麵了，吃點別的吧。」

瞳一到店裡就立刻翻開菜單這麼說。真難得，瞳第一次在這間店點肉醬義大利麵以外的菜色。坐在她對面的晟生已經先開動了，她往晟生的盤子看了一眼，然後說：「也給我來一份這個。」

今天晟生臉上沒有平常那副眼鏡，光是這樣形象就差了十萬八千里，陰沉的氣息一掃而空。這當然是好的變化，但沒有人特地說出口，感覺會激發他的羞恥心。

除了時光機的構造和系統之外，還要分配每個人二月四日當天的任務，要討論的事情多如牛毛。

「那我只要入侵研究所就好了嗎？」

真太郎迅速吃完義大利麵後，開了第二瓶紅酒並這麼說。

晟生快速敲打電腦鍵盤，同時問他：「有辦法嗎？」

「小事一樁。畢竟他們都是老古板嘛。」

晟生將電腦螢幕重新轉向，以真太郎為主，讓所有人都看得見。

「之前駭進研究所內部的資料庫時，我發現地下三樓最深處的避難所是真空狀態，負能量的發源處似乎就被保管在其中。只要那扇門是緊閉狀態，地面上就只能偵測到非常微弱的負能量，所以當天必須先把那扇門打開才行。這座避難所需要密碼和門卡才能開啟，但我已經駭出密碼了。就麻煩阿真入侵研究所，偷出門卡把這扇門打開。」

「入侵」跟「駭客」這些舉動，都像極了真正的犯罪組織。真太郎喝著紅酒說了聲「了解」，彷彿事不關己。

「真是的，你之前到底做過多少壞事啊。總之我已經把時光機做出來了，應該沒我的事了吧。」

勇作說完就想開溜，晟生卻說「啊，還有一件事要麻煩你」把他攔了下來。勇作反射性地露出擔心受怕的模樣。

「我想用新型無人機將時光機運上軌道。我大致調查過牧先生身邊的人脈，發現你大學時期航空系認識的朋友現在在經營無人機公司，所以想請你務必幫忙。」

晟生若無其事地說了這些話。

「呃……你又是怎麼查到這些的……」

勇作戰戰兢兢地問，臉部肌肉還抽了幾下。但晟生沒有說出詳情，而是繼續剛才的話題。

「當然不會造成對方的困擾。麻煩你跟他解釋一下，我們會駭進無人機系統，讓機器不必通過驗證許可就能使用。操作方面由我把關。」

「呃，但把東西運上軌道完全是犯罪行為耶，沒有其他方法了嗎？」

已經別無他法了。而且要顧慮犯不犯法的話，這場作戰就不能繼續下去。晟生用直截了當的說法大吼一聲。

「因為行為觸法，就放棄本該能獲救的人命，這種行為算是正義嗎？法律應該是用來守護人民，但人類制定出的法律卻經常出錯。就像戰爭中殺敵越多就越會被視為英雄崇拜，法律也不盡然都代表正義。既然有人能得救，就該貫徹自己的信念吧。牧先生，如果是為了女兒，你一定也會有犯法的覺悟吧？」

勇作嚥了口口水，被他罵得默不吭聲。

「那我當天要做什麼？」

瞳不安地說道。她也跟昴一樣，在事發當日前幾乎沒事可做。但光是在男性集團中安插一名女性，確實較容易統整眾人的意見。

「流星雨發生的時間是晚上九點十二分。研究所的避難所正好就埋藏在京濱東北線的五號軌道下，所以我要利用這條軌道，將時光機從田町站推送到高輪ＧＡＴＥＷＡＹ站。瞳小姐，請妳在濱松町站上車後按下車內的緊急停止按鈕，以防電車和時光機相撞，並讓田町站開往高輪ＧＡＴＥＷＡＹ站的電車盡可能停久一點。總而言之，在我們的時光機在鐵軌上消失之前，麻煩妳不要讓下一班電車過來引發相撞事故。」

「好，包在我身上！」瞳用力點點頭。

「昴先生，當天請跟我一起行動。時機只有短短一瞬，錯過就再也回不到過去了。請你記住這一點。」

在最後的作戰會議中定案的當天計畫如下。

勇作先把做好的時光機用卡車送到朋友經營的無人機公司倉庫。期間真太郎會入侵研究所打開避難所，而瞳在濱松町站上車，按下緊急按鈕。

晟生和昴趁亂闖進鐵軌，操作無人機將時光機設置於軌道上。再讓昴直接坐上時光機，配合流星雨抵達的時間讓時光機出發。

「沒想到真的能完成這個計畫呢，好像做夢一樣。」

瞳大口吃著蒜炒義大利麵說道。

「這種事真的能順利完成嗎？」

勇作將身體靠上椅背歪著頭問。他板著一張臉，根本不像完成豐功偉業的表情。

「牧先生的機器一定沒問題。畢竟動用了目前可行的最先進技術製造而成，如果真的失敗，也只能舉雙手投降了。」

晟生喝著加入一包半砂糖的咖啡這麼說。

「但那就是一台普通的車，只是比較耐操而已。」

看樣子勇作還在擔心，但實際乘坐的人是昴才對。昴只想確認自己能不能回到過去拯救真夏。

「能不能回到過去，只有試了才知道，而且只有昴先生一個人能知道結果。我認為昴先生通過蟲洞的那一瞬間，我們的記憶應該就會被改寫了。」

「那，未來只有我還記得這個參宿四大作戰嗎？」

聽到昴這麼問，晟生默默地點點頭。

「基於我的假設，要是真有過去的世界，存在於過去的另一位昴先生當然不會認識我們，也不會有任何記憶。千萬不要讓過去的自己意識到另一個自己的存在。」

這段對話雖然讓人難以置信，但想到發生在自己身上的事，就覺得這些可以想見的事都合乎常理，不足為奇。就算明天外星人要攻打地球，恐怕只有在場這五個人能立刻接受事實吧。

「好，解散。」真太郎拍拍手站了起來。

離執行當天已經沒多少時間，終於走到這一步了。這不是夢，再過不久就能見到真夏了。即使不能直接和她見面，但只要她還活著，這個世界就會散發出耀眼的光芒。

跟大家道別，結束後續的整理工作後，昂在休息室換回便服。今天也是他最後一次來這間店了吧，店長當然對此一無所知。

最後至少把置物櫃整理乾淨再走吧。昂將放在裡面的私人用品集中在一起時，一張被折得小小的收據用紙從預備圍裙中掉了下來。

昂撿起那張紙，攤開來確認裡面的內容後，不禁愣在原地。

【——一定要再見面喔。】

上面只有一行充滿特色的渾圓字體。那百分之百是真夏的字。

她什麼時候偷藏了這種東西？到今天為止，昂完全沒發現這件事。

昂用顫抖的手指輕觸她所寫的每一個字，碰觸的指尖彷彿不斷湧出對真夏的愛意。

真夏到底是抱著什麼樣的心情，在沒有昂的這間店裡寫下這行字呢？

「對不起……真夏……我一定會去找妳。」

昂緊緊握住手中的紙片，在心中對此刻不在人世的真夏狠狠發誓。

他走出休息室，跟在廚房裡的店長開口說：

「您辛苦了。」

店長甩動鍋子的同時也回了聲「辛苦嘍」。昴將早已熟悉的店內景象環視一遭，不知為何變得有點感傷。但他不後悔，就算會粉身碎骨也無所謂。

「非常感謝您。」

店長露出有點吃驚的表情問：「怎麼啦？」

「不，沒什麼。您辛苦了。」

留下這句話，昴就離開餐廳了。這個計畫不能對外公開，萬一風聲走漏導致計畫被阻止，一切就化為泡影了。

回程路上，他在新芝橋附近的自動販賣機買了紅豆年糕湯。這是最後一次跟真夏一起喝的飲料。他小心翼翼地把剛才找到的那張超越時空、真夏寫給他的字條，跟紅豆年糕湯一起捧在手掌心。昴也抬頭仰望夜空，就像真夏那天一樣。

這時，他回想起在他身旁眺望獵戶座的真夏，感覺好像是昨天才發生的事。

「吶，昴，看得到獵戶座了耶。」

真夏抬頭看著天空，感覺此刻就要拉著彼此牽住的手衝出去似的。昴苦笑著心想：我根本就是被繩子牽住的小狗。

事故發生前沒多久，他們半夜出來逛超商。回程路上，寧靜小巷的天空中出現了獵戶座的身影。

「獵戶座不是每天都看得到嗎？」

「才沒有呢。」真夏回過頭，指著獵戶座說道。

「聽說獵戶座裡的參宿四，可能已經不存在了。」

真夏鉅細靡遺地跟昴講解了參宿四的命運，也不知她是從哪裡聽來的。參宿四的星體年齡已經到達百分之九十九點九，因為距離地球六百四十光年，超新星爆炸的光芒要隔很長一段時間才會傳到地球。

「所以早就不存在的事物，在我們眼中或許依然存在，感覺有點不可思議吧。這像不像天然的時光機？」

真夏抬頭看著天空喃喃自語。得知這個資訊後，昴再次仰起頭仔細端詳參宿四。

那顆發出炙熱紅光、格外明亮的一等星，看起來就像高掛夜空的小太陽。實際上它的大小堪稱是太陽的千倍以上，但從相隔甚遠的地球來看卻十分渺小。

「可是你知道嗎？我們原本也都是星塵。」

她又在說這種奇怪的話了。昴這麼心想，並回問「什麼意思？」。接著，真夏洋洋得意地展開她的論述。

真夏的說明如下。

這個宇宙誕生後，最早出現的只有氫、氦、鋰這些輕元素。這些元素形成恆星，在恆星內部不斷撞擊出核融合反應，過程中首次出現了形成人體的碳和其他元素。過了很長一段時間，這顆恆星壽命將近時，就會像參宿四一樣引發超新星爆炸。

隨後，包含碳元素的星塵便四散在宇宙當中。這些星塵各自集中後，又形成了包含碳元素和其他元素的全新星體。這些過程不斷循環，在四十六億年前，地球誕生了。所以追本溯源，人類以前就是四散在宇宙中的部分星塵。

昴下意識說了句「是哦」，真心感到佩服。他原本覺得宇宙這種浩瀚的世界跟自己無緣，此刻卻也深切體會到自己是其中的一份子。

「這些都是從書上現學現賣的啦！很浪漫吧。」

真夏微微一笑。

「宇宙真了不起……」

昂看著頭上那片廣闊無垠的世界，喃喃說道。

「……宇宙會把所有人都牽在一起。」

真夏忽然加重力道，把牽著的手又握緊了幾分。昂將視線轉回真夏，真夏也凝視著昂說：

「……如果我死了，你會怎麼樣？」

昂被這突如其來的問題嚇了一跳。他問真夏幹嘛突然說這種事，真夏只說「就是隨便問問」含糊帶過。

雖然很不情願，昂還是試著想像了真夏離開後的世界。

「我會哭吧。」

「就這樣？」

「可能會因為太難受死掉喔。」

「有夠不堪一擊！」

口是心非的真夏露出了雀躍無比的笑容。

「妳幹嘛這麼高興啊？」昂往真夏的側腹戳了幾下，真夏似乎覺得很癢不停扭動身子，嘟起嘴巴說：

「因為我死了以後，還有個人會為我痛不欲生，這讓我很開心嘛。」

昴就喜歡真夏這種直率的性格。這個世界普遍認為，自己死後也要希望對方得到幸福，才是愛的美學。相較之下，真夏這句話簡直真實到極點。

「我什麼都不要，只要真夏就好。」

這次換昴用力握緊真夏的手。感受到力道的真夏看向自己被牽住的手，輕輕點點頭。

接著，她用彷彿下一秒就要消失的口吻低語道：

「……別擔心。我們會在這個宇宙中四處巡遊，總有一天會遇見的。」

當時真夏應該已經看破一切了吧。

她認清了自己來日無多的事實。

也明白將來會跟昴天人永隔，永遠無法相見。

＊

二月三日零點過後，晟生抱著波士頓包在高輪ＧＡＴＥＷＡＹ站附近等瞳過來。可能因為忽然被叫出來，晟生覺得瞳的妝容比平常素雅，毫無防備的樣子也比平常更加可愛。但晟生還是不習慣跟異性相處，沒辦法輕易說出這種讚美。

「難得被晟生先生叫出來，讓我有點驚訝。不過還真冷耶。」

瞳像烏龜一樣把脖子縮進大衣內，說話時還冒出白煙。難怪她會覺得冷，畢竟天氣預報說今天凌晨左右東京會開始下雪。這個冬天，東京都心已經下三次雪了，這種降雪的頻率十分罕見。

執行參宿四大作戰之前，晟生一定要讓瞳看看某個東西。今天也是可以讓瞳目睹的最後一夜。

晟生帶著瞳，沿著末班車即將發車的高輪ＧＡＴＥＷＡＹ站軌道走。途中已經有零星降雪了。

瞳用手掌抓住飄下的雪花時露出了天真的笑容。見狀，連晟生的心情都變得愉快許多。

「我們來這裡做什麼？」

走到軌道旁的圍欄邊時，瞳看著晟生的臉問道。

「時間還沒到，妳再等一會兒。」

晟生將波士頓包放在腳邊，從中取出能量探測機。

這是陽生生前製造的裝置，用來探測未來資訊收發器所需的負能量。過去晟生用這台裝置走遍各地探測，終於在事故發生前來到了高輪GATEWAY站。沒想到負能量的發源處就在離自家不遠的地方。

穿越到未來後，他依然繼續調查，最後發現在高輪GATEWAY站營業時間結束後的某段時間內，負能量會暫時增強。看來那就是研究所的地下避難所開門的時機，大概會持續三至四分鐘。能量探測機的探針只會在那段時間內大幅擺動，幾乎快要破錶。

現在是凌晨一點多，雪花變得越來越大，一直待著不動，寒意就會從腳底一路竄至體內。瞳也再次摩擦手掌不停吹氣，拚命聚集熱氣。

「不介意的話，請用。」說完，晟生將放在大衣口袋的拋棄式暖暖包拿給瞳。瞳開開心心地收下暖暖包，放在臉上摩擦。

隨後，瞳在旁邊那台亮晃晃的自動販賣機買了一罐熱咖啡給晟生，說是回禮。

雖然這罐咖啡十分燙口，幾乎要燙傷舌頭，晟生卻覺得這比自己手沖的咖啡，以及以往喝過的任何咖啡都要好喝。

晟生下意識說了句「真好喝」，瞳就一把搶過咖啡罐喝了一口，笑著說：

「間接接吻。開玩笑的啦。」

晟生頓時像體內著火般渾身發燙。

這不是開玩笑，真的是間接接吻。越意識到這一點，晟生就越猶豫是否要再次將嘴唇貼上重回手中的這罐咖啡。雖然這對暖身的效果十分顯著。

瞳盯著軌道的側臉，讓晟生不知不覺看得入迷。嚴格來說，是那雙唇讓他看得入迷。

未來被改寫後，瞳會和什麼樣的人相遇，與他墜入愛河呢？

晟生內心深處頓時隱隱作痛。遇到瞳之後，他體會到這股痛楚不下數次，看樣子不是痛久了就能習慣。

如果可以將自己的嘴唇貼上瞳的嘴唇該有多好。如果這個行為能被容許，該有多好。

要是被瞳發現自己在想這種事，她應該會覺得很幻滅吧。

佇立在雪中的她看起來更加夢幻，實在美若天仙。

但願時間能靜止在這一刻。晟生的腦海中不斷浮現出這個念頭。

雪持續飄落不見止息。高輪GATEWAY站的照明完全消失後又過了一會兒，能量探測機的探針開始微微擺動。

這一刻終於來了——下一秒，探針一口氣劃過了儀表。

「哇，好厲害喔！」

與此同時，盯著軌道的瞳也歡呼起來。

本該落在軌道上的雪花，竟宛如時間倒流般陸續升上高空，看起來就像違抗重力返回天際似的。

這是上次東京下雪時，晟生偶然發現的景象。

全世界肯定只有這個地方能看見這種超現實的景色。

晟生說什麼都想讓瞳看看這神祕又特別的一幕。就算明天所有記憶都會消失或遭到改寫，當下這一瞬間也絕對是貨真價實的體驗。

瞳像孩子一樣興奮不已，對眼前的景象深深著迷。比起時光倒流的雪花，晟生更想將瞳雀躍的樣子烙印在眼底。

這場夢幻的雪景只維持了幾分鐘就宣告結束，雪彷彿再次被重力吸引，重新飄回軌道上。

「謝謝你，晟生先生。這麼浪漫的約會，還是有生以來第一次。」

把瞳送回家後，她依舊興奮不已，開心地這麼說。

瞳把今天當成約會，讓晟生非常高興。

「那個……晟生先生。」

瞳雖然再次開口想說些什麼，最後還是留下一句「還是算了……明天見」，並揮揮手消失在電梯當中。

晟生差點就想伸手拉住她，但還是緩緩將手收回。

不能再繼續奢望了。因為他們之間沒有未來。

晟生咬緊牙關，死命忍住幾乎要狂湧而出的衝動。

看到瞳的房間亮燈後，晟生才安靜地離開現場。

寒冷刺骨的雪剛才還紛飛不止，卻在不知不覺間停了下來。

＊

參宿四大作戰當天。初次見面的這個男人在深藍色西裝外套了件灰色大衣，明顯表現出緊張的模樣，看起來就像社會新鮮人。

「這是我老公，正木涼。」

走進客廳的優季開口介紹後，他就對勇作深深一鞠躬。他身高不高，一頭黑髮，髮尾卻有點長，讓勇作有些在意。優季的年紀應該比他小，但那張圓圓的娃娃臉看起來卻比優季還年輕。真受不了，這種毛都沒長齊的屁孩真的可靠嗎？正當勇作想立刻大發牢騷之際——

「好了，先坐下吧。雖然還是中午，但我做了義大利麵，你要吃吧？」

依子開口催促兩人。

昨晚依子回家了。因為要找女兒和女婿過來家裡，她才回來打掃吧。整個家已經快要變成垃圾場了，依子卻沒有任何埋怨，手腳俐落地打掃家中每一處。

累積了好幾個月的垃圾，一個晚上就全被清理掉，家裡被打掃得一塵不染。

跟最後一次見面相比，優季的肚子又大了一點，身上也長了不少肉。涼貼心地幫優季拉開椅子，還憂心忡忡地扶著她東問西問。這人的確一絲不苟，至於可不可靠又是另外一回事了。他就像一靠近就會被折斷的樹枝，靠不住的感覺從那單薄的胸板就可見一斑。

「爸，你的表情很恐怖耶。」

優季似乎發現他在對涼品頭論足。但他的獨生女被搶走了，稍微給點下馬威不為過吧。

「你叫涼是吧？不好意思，我不同意這門婚事。」

「孩子的爸。」依子在身後出聲制止，勇作卻絲毫不顧繼續說道：

「你應該沒辦法理解吧。對我來說，這五年居然一眨眼就過了。我到現在也無法完全理解自己身處未來。幾個月前女兒還未成年，卻在我失蹤這段期間突然被陌生男人搶走，還懷了孩子。你覺得父母會對這種事默不吭聲嗎？」

「哪裡突然，是爸自己失蹤的耶……」

優季急著想替涼辯護，涼說了句「沒事」稍加安撫。他端正坐姿，讓自己直接面對勇作認真聆聽。

「為什麼不等我回來就擅自結婚？一定是覺得煩人的老爸消失了，就能卸下肩膀上的負荷吧。我不會把女兒交給思想這麼天真的傢伙。今天把你叫來這裡就是為了說這件事，聽懂的話就滾蛋吧。」

撂下狠話後，勇作就從座位上起身。

「不，我不能回去。」

涼依舊將握緊的拳頭放在膝上，毫無動搖地說：

「我們太晚才向岳父報告婚事，這一點我確實覺得很抱歉。但就像岳父您莫名其妙就忽然被捲進事故當中，我們也不確定您什麼時候才會回來。比起我，優季和岳母更是擔心得不得了。但因為那起事故，我也確實萌生出比以往更想守護優季的心情。」

涼從頭到尾都直盯著勇作的雙眼。說不定他的個性不像單薄的胸板那樣靠不住，是個極有膽識的男人。「那又怎樣？」勇作也沒有移開視線，狠狠瞪著他。

「我跟優季是在大學的天文同好會認識的。優季跟我說過，她以前跟岳父一起用望遠鏡觀賞獵戶座大星雲，實在忘不了當時的感動和美麗，才會加入天文同好會。」

聽到涼這番話，塵封已久的遙遠記憶才慢慢甦醒。

那是勇作在現在的工廠做火箭零件加工之前的事了。他曾經抱著結婚前自掏腰包買的望遠鏡，帶著年幼的優季前往長野的深山之中。那個夜晚天色明朗，他認為獵戶座是最容易分辨的星座，年幼的優季應該也能理解，就把獵戶座的知識教給優季。他讓優季用望遠鏡觀星後，優季仔細盯著獵戶座說：

「爸爸，獵戶座上面有天使耶。」

勇作不知道優季在說什麼，用望遠鏡一看，就看見了獵戶座大星雲。如同蝴蝶展翅的外型，被她比喻為天使。沒想到優季到現在還記得這件事，讓勇作大吃一驚。

「優季總跟我炫耀岳父您的工作。我也是愛好宇宙的一份子，相當尊敬您。」

總有一天要將親手打造的火箭送到那些星星身邊。對宇宙心懷憧憬，本就是人類的本性。最近他也稍微回想起當時心中懷揣的那份熱情，因為晟生的眼神跟當時的自己如出一轍。

「所以我才喜歡上這樣的優季。看到她對您十分敬重，一談到您就笑容滿面的樣子，我才終於明白自己活到此刻的意義。我想永遠守護這張笑臉。在往後的日子裡，請讓我好好守護過去在家人羽翼下嶄露歡顏的她，以及嶄新的小生命。」

勇作以為涼要起身，結果他移動到桌子旁邊，雙手貼地正襟危坐，抬頭看向勇作。

「感謝您將優季養育至今。岳父，請將女兒交給我吧，我一定會讓她幸福。」

說完，涼就在勇作面前深深一鞠躬。前陣子他才剛被這樣下跪請求呢。真受不了，最近的年輕人居然隨隨便便就跟人下跪。他們以為下跪後任何事都能順心如意嗎？根本搞錯了吧。

「不行。」勇作馬上拒絕。

「在您同意之前，我是不會回去的。」

涼將額頭貼在地上這麼說。勇作對著他的後腦勺發問：

「……要是我叫你為了她去死，你就會照做嗎？」

「如果我的犧牲能讓她得救，我願意去死。」

「開什麼玩笑！」勇作發出怒吼。在緊張的氣氛下，涼戒慎恐懼地抬頭看著勇作。

「不對，你絕對不能死。不管我或別人怎麼說，你絕對不能比優季先死，這才是守護吧。以後我也不會同意這門婚事，不管你現在如何懇求，我的答案都一樣。你對我苦苦哀求，也不代表我女兒就會幸福。不甘心的話，就用盡全力讓優季幸福，展現出讓我啞口無言的覺悟吧。不管多麼辛苦，都要為家人努力打拚……但千萬別像我一樣。」

勇作這話越說越沒氣勢。相對地，他用力握緊拳頭。

「我沒能守住家人，也沒立場對你說大話，但優季到死為止都是我的女兒，無論如何都不會改變。代替女兒犧牲是我的職責，所以你不能比優季先死。要是敢讓優季傷心流淚，到時候我會殺了你。」

勇作剛說完，坐在椅子上的優季就開始哽咽。

「對不起喔，她爸爸真的很不會說話。」

依子將手帕遞給優季，輕輕拍撫她的背，不著痕跡地替勇作圓場。

「我會用盡全力，總有一天要得到岳父的認可。我會每天精進自己，一定要用優季的笑容讓岳父理解我的心意。」

涼站起身子，露出十足精悍的表情。勇作用鼻子「哼」了一聲，依子跟優季就互看一眼偷笑起來。勇作完全不知道哪裡好笑，但看到兩人久違的笑容，他頓時聽懂了剛才涼說的那番話。

（看到她的笑容，我才終於明白自己活到此刻的意義。）

「好了，吃飯吧。」

依子正打算進廚房準備，卻被勇作制止。

勇作從胸前口袋拿出一個白色信封放在桌上。三人互看一眼，最後讓優季代表打開那個信封。

「羽田到那霸機場……咦，這是機票？而且還是今天出發！這是什麼？」

出乎意料的發展讓優季大為吃驚，看著勇作問道。

「吃完飯之後，你們三個就到沖繩去吧。」

勇作打開陽台門，點了一根菸後這麼說。

「你突然說這種話，我很傷腦筋耶。根本毫無準備……工作要怎麼辦！」

依子連忙衝到他身邊，眉頭緊皺出言勸阻。

「別廢話，去就對了！放心吧，飯店也幫你們訂好了。如果能平安無事度過今天，可以明天一早就回來。」

「平安無事度過今天？」

不小心說溜嘴了。「今天晚上地球可能會滅亡」這種話，他根本說不出口。會慘遭滅亡的到底是地球、日本或東京，還是會平安畫下句點？其實這種事也要等發生了才會明白，可是發生後就太遲了。至少要讓即將誕生的小生命和他的家人遠離這場危機。

「總之就去吧。公司那邊用身體不舒服的藉口請假就行，只有一天不會怎麼樣。」

「可是爸，你不去嗎？」

優季不解地歪著頭問。勇作還有重任在身，待會兒要把時光機送到高輪ＧＡＴＥＷＡＹ站，不能連自己都去避難。「我……」勇作還在腦中尋找合適的藉口時，涼就開口說道：

「走吧。妳想想，孩子出生後就暫時不能出遠門了。反正都在日本，隨便準備一下就行。難得岳父替我們準備了機票，請岳母也務必同行。」

依子又反對了一陣，卻還是敗給涼的熱忱，同意前往沖繩。迅速吃完義大利麵後，依子匆匆忙忙將行李收拾完畢，就坐上女兒和女婿的車，準備和他們一同前往羽田機場。依子轉眼間就把行李箱塞滿了。將依子的行李放進後車廂，讓依子跟優季都上車後，涼走到孤身一人的勇作身邊。

「雖然不清楚您的意圖，但請您務必保重身體。」

涼似乎嗅出了一絲端倪，真是個直覺敏銳的男人。這種善於察言觀色的能力可以在事發前強化守備，有這種能力絕對不虧。

「我女兒就拜託你了。」

自己居然會說出這種台詞，是不是電視劇看太多了。勇作如此自嘲，但這或許才是父親該有的模樣。

「好，我答應您。」

涼用力點點頭後，就坐進車內握住方向盤。

「有事就打給我！對了，工廠大門一定要確實鎖上，麻煩你了。」

依子貼在車窗上嘮叨個沒完。真受不了，居然還會擔心準備簽字離婚的丈夫。她到底是多愛操心啊。

「爸，我們先走了。我會買泡盛回來給你當伴手禮喔！」

優季就跟依子不一樣了。她還年輕，思想比較靈活，早就一副要去沖繩旅遊的樣子，還從車窗對勇作揮揮手。涼在她身後輕輕點頭示意後，就踩下油門出發了。

勇作心想：這或許是最後一面了。儘管車子已經消失在轉角另一側，他還是對車子離去的殘影盯了好一陣子。

將時光機搬上貨車車斗後，勇作從工廠出發，前往加藤經營的無人機公司。日暮時分已過，太陽早已下山，漫漫長夜拉開了序幕。等紅燈的時候，他忽然抬頭看了天空一眼。東京的夜空還是那麼明亮，一如往昔。

他從今天早上就頻繁地確認新聞，但完全沒有流星雨將至的消息。每個頻道都在重複播報人氣偶像團體前幾天發布的解散消息，以及卸任後又如不死鳥般捲土重來的政客引發的舞弊醜聞。悠悠哉哉的，根本不了解勇作的心情。

流星雨真的會出現嗎？如果正在接近地球，宇宙研究開發機構應該早就發現了吧。勇作至今仍無法想像會發生什麼事。

但勇作還是選擇相信晟生的眼神，感覺就像在看過去雄心壯志的自己。

加藤經營的無人機公司倉庫位於品川，碰巧鄰近高輪ＧＡＴＥＷＡＹ站。

「哦，你來啦。」

或許是聽到勇作停車的聲音，在勇作走過去之前，加藤就從倉庫中探出頭來。

他們前幾天才喝過一杯，這次雙方都沒有驚訝的感覺。勇作跳下貨車就往加藤走去。

「抱歉，今天要麻煩你了。」

加藤露出苦笑，聳聳肩說：

「真受不了你，這是哪門子要求啊。雖然是你提出的要求，但我還是沒辦法支持犯罪行為，所以我要走人了。今天我也讓所有員工都下班了。我什麼都沒看見，這樣可以吧？」

說完，加藤就把倉庫鑰匙交給勇作。

「那當然。謝啦。」

「不過，你們真的做出時光機啦？」

加藤一臉半信半疑地說。都把他捲進這件事了，勇作自然毫無保留地對他坦承了一切。光憑勇作幾句話，他居然就能相信到這種程度。

勇作打開貨車車斗，向加藤展示堆在上面的時光機。

「我只是照著設計圖做而已。設計的人是個才二十幾歲的小夥子，是個了不起的傢伙。話雖如此，如果蟲洞沒開，這就只是個會動的廢鐵而已。」

「不過你說的那個流星雨真的會出現嗎？我看了一整天的新聞，都沒提到這件事耶。」

「我也不知道會怎麼樣。但你不離開東京沒關係嗎？」

加藤用眼角餘光瞥了勇作一眼後，抬頭仰望天空。

「有機會在東京目睹這種天文奇觀耶，哪有會在這種時候逃得遠遠的蠢蛋啊？」

勇作心想：誰才是天文迷啊？但他已經看過比加藤還要瘋狂的天文迷，所以見怪不怪了。況且自己也是其中之一。

加藤留下鑰匙離開倉庫後，勇作就用那把鑰匙走進倉庫。

倉庫裡放了好幾台巨大無人機。依照目前二〇二五年的最新技術，貨物無人機的運送重量最高可達五噸。就算將時光機的重量列入考量，用這台無人機運送也綽綽有餘。

勇作跟晟生取得聯繫，將加藤事前給的遠距操作網頁登錄方式和密碼告訴他。晟生的任務就是遠距操作這台無人機。

確保時光機確實安裝在這台無人機上，將無人機送上高空後，勇作的任務就完成了。

電話另一頭的晟生忽然說：

『牧先生，你有寫信給夫人過嗎？』

沒頭沒腦地說什麼啊？執行作戰計畫之前，晟生似乎在猶豫是否要給某個人寫封信。勇作問晟生為什麼要問他這個問題，晟生回答「因為只有你一個人已婚」。換句話說，他想寫信的對象自然是女人了。前陣子勇作就覺得晟生和瞳關係匪淺，原來是這麼一回事啊。他沒有在一旁敲邊鼓，畢竟自己也老大不小了。勇作回想起依子年輕時的模樣，感慨自己也經歷過這段青澀的時期。

依子是個溫順體貼的大美人，嫁給勇作簡直暴殄天物。勇作的口才很差，為了追求依子，他曾經寫過一封信。

依子將那封信細心折好，隨時都放在錢包裡。就算勇作覺得害羞要她扔掉，唯獨這件事她不肯服從。

勇作隔著電話說：只寫過一次。

『但我不後悔。』他又補了這麼一句。

晟生似乎有些意外地接受了這個事實。

勇作說『我得打通電話』就中斷通話，重新撥打另一組號碼。他把手機拿到耳邊，話筒另一頭馬上就傳來應答聲。

「妳在哪裡？」

『還問我在哪，當然是沖繩啊。在你預訂的飯店裡。』

電話另一頭的依子傻眼地說。這也難怪，畢竟勇作問錯問題了。

他無話可說，只說了聲「這樣啊」並點點頭。

『怎麼了嗎？』

「不，沒什麼。」

『真難得，沒事還打給我。』

勇作不知道接下來該說什麼，繼續保持沉默，握著電話的手卻加重了力道。

原本跟他一起陷入沉默的依子，忽然開口道：

『……「沒事的時候，我總是在想妳」。』

聽到依子這句話，勇作頓時滿臉通紅。

「喂，別這樣。」

他下意識加重語氣，耳邊就傳來依子溫柔的笑聲。

『你還記得啊。』

被依子猜中心思讓他覺得丟臉至極，變得默不吭聲。

當時勇作絞盡腦汁寫了信給依子，這就是其中一段話。他這輩子只寫過這麼一封信。看來他還沒癡呆到忘記信件內容的地步。

『我從來沒有忘記喔。雖然你滿腦子都是工作，卻會在短暫的空檔中想起我。一想到這裡，就覺得不管再辛苦都可以努力熬過去。』

他聽得出依子的嗓音有些微顫抖。

到底是從什麼時候開始，他漸漸不願意聽依子訴苦了？這樣依子當然會離家出走，全都是他的錯。因為依子選擇了口才不好的自己，他就恃寵而驕，以為自己不說依子就能明白，自我感覺良好地維持了這種夫妻關係超過二十年之久。別說「我愛妳」了，勇作甚至連感謝和道歉都不曾說過。

「對不起。」

說完，勇作深深低下頭。他感受到這次換依子無話可說了。

「依子，謝謝妳一直默默地支持我的人生。」

依子在電話另一頭哭了起來。

這時忽然傳來插播的通知聲，應該是晟生又打來了吧。差不多該啟動無人機了。

勇作點點頭對依子說：「抱歉，待會兒還有工作要忙，先掛了。」依子也在最後拋出這麼一句話。

『手邊的工作結束之後，你明天也請假來沖繩玩玩吧。我等你。』

這一刻，勇作才終於發現自己以前都搞錯了。他們這對夫妻的歸處不是打掃得一塵不染的家，也不是追逐夢想的工廠，而是老婆依子所在的地方。

*

有個提著托特包的男子快步走出和車站相鄰的大樓。他不停查看手錶，似乎快趕不上約定的時間了。

「啊，抱歉！」

在人群當中，神色匆忙準備跑進高輪ＧＡＴＥＷＡＹ站的男子撞上真太郎的肩膀。男子立刻低頭道歉，並通過剪票口奔向月台。

真太郎繼續穿過人群，前往男子剛才走出的大樓入口。他手上握著一張入館證，上面的照片正是方才那名男子。

下午五點零七分。

走進大樓後，真太郎若無其事地刷了那張入館證的ＩＣ晶片，穿過大樓正門。這個時間玄關口有一大堆外來訪客和準備回家的員工，就算有真太郎這個陌生臉孔混進來，也不會有人發現。

他直接上樓梯走到二樓，直直朝向該樓層的廁所走去。這個研究所的內部樓層資料已經被晟生駭出，真太郎也全都記在腦子裡了。

廁所空無一人，於是真太郎趁機打開廁所窗戶。他往外一看，發現外面有道圍欄，旁邊就是鐵軌。隨後他關上窗，卻故意沒有上鎖。萬一被趕出大樓，只要這扇窗還開著，他還是能輕鬆爬上圍欄闖進來。

接下來只要躲在廁所隔間，靜待執行時刻到來。

真太郎趁這段期間再次檢查包包內的物品。水果刀、繩索、工作手套、口罩、打火機，還有好幾十個手掌大小的圓球。每個圓球都牽著一條線，彷彿五彩繽紛的蝌蚪。

時間已經超過晚上八點半，真太郎這才算準時機走出隔間。

窗戶依舊沒有上鎖。真太郎離開廁所後，在防盜攝影機死角的走廊上佇立不動。頭頂上方設置了火災警報器。

真太郎從包包裡拿出一個剛剛的圓球，毫不猶豫地點燃導火線。

接著他將圓球舉到火災警報器附近。不一會兒工夫，圓球就狂噴出大量白煙。

下一秒，火災警報器立刻啟動，警報聲響徹整棟大樓。真太郎陸續點燃煙霧彈丟到走廊上，隨後順著樓梯走到一樓。

來到一樓後，臉色大變的員工們從各樓層紛紛衝出，朝著出口狂奔，四周轉眼間就亂成一團。有人證實在二樓看見了煙霧，現場變得越來越混亂，入館大門被擠得水洩不通。有幾名身穿白袍的研究員從地下室衝了上來，其中有個真太郎熟悉的面孔。和晟生開行前會議的時候，他看過那個男人的臉。

真太郎利用這場混亂，逆著人流靠近那名男子，手裡藏著一把水果刀。

「到底怎麼回事！」

「二樓好像失火了！」

一樓大門口亂哄哄的，根本沒人發現真太郎是外來者。

真太郎直接衝向那名男子，在擦肩而過時用水果刀割斷男子掛在脖子上的票卡夾吊繩。事情發生在剎那之間，男子根本沒發現。

於是真太郎一個人從樓梯往地下室跑。他用口罩遮住臉，重新戴上兜帽並拉到眼睛處。抵達地下三樓後，再往最深處的避難所前進。雖然避不開防盜攝影機的監控，但這層樓已經完全沒有人了。

要進入最深處的避難所，需要只有少部分研究員才有的門卡。真太郎從男子身上偷到票卡夾後，從中取出那張門卡成功入侵。

裡面還有一扇守備更森嚴的大門，這當然在真太郎的預料之內。打開這扇門所需的密碼，也透過晟生得到手了。

製造蟲洞絕對不可或缺的物質，就沉眠在這扇門後。這究竟是什麼呢？連晟生也沒見過這種物質的真面目。

連真太郎都有點緊張。

將腦海中的密碼輸入系統時，按下按鍵的手指都微微顫抖，實在不像他的風格。厚重的門扉發出一陣低沉聲響後，緩緩打開了。

真太郎看到門後的東西，不禁倒吸了一口氣。

「這是什麼啊……」

避難所之中，有個巨大石塊飄浮在半空中。

直徑約五公尺，感覺像隕石的這個東西，完全無視重力，也沒有被施加任何力量，就這麼飄在空中。誰會相信高輪ＧＡＴＥＷＡＹ站地底下埋著這種玩意兒呢？這要是傳出去，應該會是驚天動地的大新聞吧。話雖如此，要移動這種連重力都能抵抗的物質應該難如登天，所以才會將研究所蓋在大都心正中央。據晟生所說，這個物質似乎是車站建造期間在挖掘的地層中找到的。平常都以真空狀態保存在避難所中，地表只能接收到極少量的負能量。但這座避難所的大門開啟後，就會有更多負能量釋放到地表上。

真太郎看了看手錶，就這樣把門開著，沿著來時的路折返回去。為了拖延被發現的時間，跑上樓梯的同時，他又丟了無數個煙霧彈。

現在一樓玄關口應該來了一堆消防車和警察吧。

真太郎跑上二樓，躲回剛才待命的廁所。

晚上九點零四分。

真太郎打開廁所窗戶，探出身子查看。

只見有台無人機在軌道上空掀起一陣強風，準備將時光機放置在軌道上。

晟生跟昴早就翻過圍欄在一旁等著了。

「終於來了。」

真太郎勾起嘴角淺淺一笑，就毫不猶豫地從二樓窗戶跳了下來。

＊

在國道十五號旁櫛比鱗次的高樓對面，還留下許多充滿昭和及平成時代感的建築物。有座時間靜止的神社孤零零地佇立其中，彷彿要遠眺高輪ＧＡＴＥＷＡＹ站似的。

這種蓋在高樓頂端，宛如祕密基地的小型神社，是東京獨有的產物。創建時間不明。眾人選擇在這裡進行參宿四大作戰前的最終會議。

瞳到達現場後，晟生跟昴已經坐在石階上了。

「辛苦了。」昴向她點個頭，臉上寫滿了緊張。晟生一邊操作放在膝上的電腦，一邊和某人通電話。

晚上七點，離執行時間還有兩小時左右。

「另外兩個人呢？」瞳開口問道。

「真太郎先生好像已經開始入侵了，牧先生正在進行另一項任務。」昴將目前狀況告訴她。

「天哪，真太郎先生到底是何方神聖啊。」

瞳嘟噥了一聲。結果講完電話的晟生就給出了意想不到的答案。

「是我哥。」

瞳忍不住發出驚呼。

她嚇得杏眼圓睜，晟生卻若無其事地對她點點頭，繼續「喀噠喀噠」地敲打電腦鍵盤。那種哥哥居然會有這種弟弟啊。兩人明明一點都不像，在「怪咖」這層意義上卻有種莫名的契合感。

「瞳小姐，請妳在濱松町站搭上晚上九點零二分發車、開往大船的京濱東北線。電車出站後，也別忘了在抵達田町站之前按下緊急停止按鈕。對了，這個給妳。」

晟生拿了一個彩色煙霧彈給瞳。她事前已經聽過這個煙霧彈的注意事項了。她要在車廂內點燃煙霧彈，製造火災疑慮讓電車停駛。瞳從來沒用過這種東西。雖然煙霧彈只會噴出煙霧，可以直接拿在手上，但要是行動失敗，最慘的狀況可能會引發非常嚴重的事故，因此她的責任十分重大。

「希望妳能盡可能將騷動鬧得越大越好。萬一下一班電車開過來，可能會連同整班電車一併穿過蟲洞。上次我們是托未來資訊收發器的福才能毫髮無傷，那種電車的耐久度本來就會被壓扁，造成無數傷亡。所以不要有罪惡感，反而要相信會有許多乘客因妳而得救。」

晟生應該是想安慰她吧。瞳卻覺得責任感這個重擔取代了罪惡感，狠狠壓在自己身上。

不過，事到如今她也不能因為恐懼而逃避，於是她默默地點點頭。

晟生瞄了手錶一眼，將電腦闔上，接著從波士頓包中拿出兩支他手上的同款手錶交給兩人。

「這是自動機械錶。蟲洞一旦產生，周遭磁場會大亂，屆時手機或發射電波的產品可能會無法使用，但這款手錶就沒有這種疑慮。麻煩兩位用這支手錶確認，務必遵守時間。」

手錶的時間已經設好了，秒針正以規律的速度描繪出弧線。

晟生確認時間後說「差不多該前往各自的待命地點了」，並將膝上的筆電收進波士頓包中。

「機會難得，我們來祈求作戰成功吧。」

為了消除內心的不安，瞳主動起身。

她將零錢扔進香油錢箱中，雙手合十。

（希望大家的夢想都能順利實現。也請神明保佑……）

結束參拜的瞳轉過頭，跟雙手合十的昴身後的晟生四目相交。

「晟生，你不拜一下嗎？」

「我沒這個習慣。」晟生如此答道。確實很符合晟生的作風。

隨後，三人都往高輪ＧＡＴＥＷＡＹ站的方向前進。瞳待會兒要前往濱松町，晟生跟昴則是在車站反方向的軌道邊待命。以前在橫越此處的高架橋下有個隧道，人稱「車頂燈殺手」，但現在已經消失了，讓這五年的歲月夾帶了一絲哀愁。

來到高輪ＧＡＴＥＷＡＹ站前，瞳做了個深呼吸後說：「終於要開始了。」

「計畫成功的話，記憶也會全部消失吧？」

瞳轉過頭偷偷瞥了晟生一眼。實際會發生什麼事誰也說不準。就算時光機真如計畫成功飛回過去，依然有保留記憶的可能性。或許晟生說的記憶竄改理論不成立，真有平行世界存在，返回過去的時空旅行也會有失敗的風險。但瞳始終沉默，不敢將這些話說出口。

——請神明保佑我跟晟生共度的記憶不會消失。

向神明祈求這種事，是不是有點欠缺考量？

「所以我要趁現在趕快說。昴，還有晟生先生，真的很謝謝你們。認識你們之後，我覺得很開心也很快樂……雖然會喪失所有記憶讓人難過，但我更想看看真夏還在世的世界。所以一定要讓計畫成功喔！」

瞳往昴的肩膀用力一拍，為他加油打氣。

「我一定會讓真夏出現在未來當中。」

「嗯，約好囉！我也會加油！」

隨後，晟生緩緩走向瞳，並在她的大衣口袋中放進某個東西。

「害怕不安的時候，就拿出來看看吧。」

晟生堅定地看了瞳一眼，便轉過身去，跟昴一起往車站反方向走去。

晚上八點五十七分。

可能因為下班尖峰時段剛過，月台上的人潮沒有想像中那麼多。從高輪GATEWAY站返回濱松町站後，瞳在月台中央附近的長椅上坐了下來。離預定時間還有一點空檔。

從月台看過去的天空清朗無比，非常適合觀測天象，彷彿昨天根本沒下過雪似的。真的會有流星雨劃過這片天空嗎？

失去右肩的獵戶座今天也綻放出耀眼光芒。這時，瞳回想起生日當天跑來見她的晟生。

瞳摩擦著右手手背。晟生骨節分明的手掌觸感，因害羞而木訥的表情，都在腦海深處緩緩浮現。

沒多久以前，回過神來發現自己會在一天內想起元春好幾十次。就算知道無法挽回，也會擅自找出機會讓自己的心更靠近他一點。比如早上醒來、刷牙、換衣服、悠悠哉哉穿鞋、工作中、一個人吃飯、幫花澆水、泡澡，還有一個人鑽進被窩的時候。除此之外，他喜歡的電影重播、他每年必吃的季節限定漢堡廣告、他喜歡的歌手的歌、和他一起走過的路、連自己被他稱讚過的胸型和鎖骨凹陷處都有元春的影子，瞳覺得自己根本無路可逃了。其中應該也包含了獵戶座。

但現在看到獵戶座，浮現在腦海中的人已經不是元春，而是晟生。瞳覺得自己的思路太過單純，忍不住笑了起來。沒想到這麼快就能找到出路。

戀情的尾聲總是寂靜。

瞳再次發現，如今那段戀情正在畫上句點，嶄新的戀情也在悄然萌生。但意識到這件事的時候，似乎有些太遲了。

瞳將那支全新的手錶當成晟生。晚上九點零一分，月台響起廣播通知開往大船的電車即將進站。繪有藍色線條的電車進站時掀起的風，讓月台上排隊的女子髮絲隨之搖曳。瞳站起身，握緊揹在肩上的托特包背帶，排在月台的人龍後方。

月台閘門開啟後，電車門也隨之敞開。準備回家的人和待會兒要去享受夜生活的情侶們，如雪崩般湧向月台。換月台上的人搭上電車後，瞳站在門邊，確認緊急停車按鈕就在附近。車廂裡的人不多，還有零星空位，站著的人也很少。有埋頭玩手機的人，也有依偎著彼此睡著的情侶，誰也沒有把注意力放在瞳身上。

等待電車發車的這幾秒，瞳覺得漫長到難以置信。

瞳的心臟劇烈跳動。待會兒她就要犯罪了。在過往的人生當中，她犯過的罪頂多只有未成年時和朋友一起喝酒而已。

如果參宿四大作戰以失敗告終，瞳一定會被站務員抓住扭送警局。為了消除這股不安情緒，她在腦海中不斷重複晟生那句話。

要心懷責任感，而不是罪惡感。

瞳忽然想到晟生剛才給了她某個東西，便從口袋中拿了出來。

放在口袋裡的是一張照片，上頭是昨晚那幅夢幻的雪景。照片中的瞳雖然只有背影，卻充分流露出當時的雀躍。

晟生什麼時候拍了這張照片？

「……真漂亮。」

沒有任何乘客聽到瞳這聲細語。

仔細想想，過去幾乎沒有人替她拍照過。雖然她保存了許多元春的照片，以及強迫他一起拍攝的照片，但元春的手機裡一定沒有保存瞳的照片吧。在這種微不足道的細節裡，就能衡量出愛情的份量。畢竟照片總能代表攝影者認為特別的一瞬間。

在晟生心中，那一瞬間算是特別嗎？

看到寫在照片後面的那一行字後，瞳緩緩閉上眼，決心變得更加堅定。

（我絕對不會忘記妳。）

車門關閉後，電車開始緩緩加速。駛過濱松町站的月台後，窗外果然能看見獵戶座。

瞳以此為信號，從包包裡拿出兩個煙霧彈，用自己的身體當掩護，悄悄藏在手裡用打火機引燃。光是在電車上點燃火苗，也是一件很危險的事。

下一秒，她就被突然從煙霧彈噴出的煙嚇了一跳，下意識鬆開手。滾落在地的煙霧彈仍不停從座位底下噴出白煙。

「在冒煙！」

坐在後方座位的上班族發現情況有異，指著煙霧彈說道。車廂內頓時亂成一團，乘客紛紛逃到隔壁車廂避難。

「有人能按一下緊急停車按鈕嗎！」

某個乘客喊了一聲，彷彿算準了時機似的。於是瞳立刻用手指用力按下緊急停車按鈕。

『怎麼了嗎?』對講機傳來乘務員的聲音。

「失火了!麻煩馬上停車!」

隨後,一陣宏亮的警報聲傳遍整列電車。電車沒有立刻緊急煞車,而是平安駛進即將抵達的田町站月台。

電車門開啟後,乘客全都衝出車外。有些乘客在站務員趕來之前,就嘗試用座位下方的滅火器滅火。那只是普通的煙霧彈,自然沒有著火。這件事沒過多久就曝光了。

站務員趕到時,那名乘客就發現煙霧的來源就是煙霧彈。

再這樣下去,電車馬上就能恢復行駛了。

若真如此,別說晟生他們的計畫,連搭乘電車的乘客都會暴露在危險之中。

在這場混亂中,瞳下定決心,衝向前方車廂停靠的月台。

她從該處跳上鐵軌,張開雙臂擋在電車前面。

月台上的乘客立刻發現異狀,把站務員叫過來。

瞳拚盡全力想拖延發車時間,雙腳卻因為膽怯而顫抖不已。但這也是時間早晚的問題。

「妳在做什麼！」

看到瞳之後，站務員在月台上破口大罵，準備跳上鐵軌。

沒辦法再拖延更多時間了。當瞳準備放棄抵抗時，忽然有台貨車撞破鐵軌旁的圍欄衝了進來。

貨車在瞳身後緊急煞車，彷彿要阻擋電車的去路。

瞳驚訝地回頭一看，發現勇作搖下貨車車窗探出頭來。

「喂！妳趕快去晟生他們那裡！」

原先應該沒有這樣的計畫才對啊。瞳因為太過震驚呆站在原地。

「晟生看起來不太對勁！」勇作大吼道。

「不太對勁？什麼意思？」

「我也不知道！但剛剛電話沒掛好，我就聽到昴跟晟生在吵架的聲音！」

瞳心想：不會吧，為什麼現在才在鬧分裂呢？之前執行計畫時明明很順利啊。

隨後，勇作又說出了瞳完全沒料到的一句話。

「我在猜，晟生那傢伙……是不是想要自己穿越回去。」

瞳以為自己聽錯了。

「你說……晟生嗎？」

真不敢相信。這樣晟生就——

「算了，妳趕快過去！妳不是喜歡他嗎！」

瞳之所以能接受失戀的事實，不只是因為時間治癒了一切，而是因為晟生無時無刻都陪在她身邊。

因為瞳感受到晟生愛著自己的心意。

他雖然不擅長用口頭表達，卻總是用行動表現出好感。

今天也像這樣留了訊息……

瞳猛然回神，將口袋中那張照片背後寫的字又讀了一遍。

（我絕對不會忘記妳。）

……原來如此。

瞳打從心底厭惡什麼也沒發現的自己。

晟生一定一開始就做好這樣的打算。

瞳咬緊牙關，抬頭看著勇作大喊：

「這裡就拜託你了！」

不等勇作回答，瞳就在鐵軌上狂奔。

其實她不想忘記這一切。不論是晟生笨拙的告白、手心的溫度、或是彷彿時間倒流的那片雪景。

但既然無可避免，她至少想把心意告訴晟生。

在這段記憶消失之前，在和晟生共度的時光全部化為烏有之前，她想在最後一刻好好告訴晟生：我也很愛你。

淚水模糊了視線。即使被鐵軌上的碎石絆倒，瞳也立刻起身追趕晟生的背影。

她不顧一切地奔跑，終於在前方看到時光機和兩個人的身影，卻遍尋不著晟生的蹤跡。

就在此時，瞳忽然發現天空變得好亮，便反射性地抬頭望去。

見狀，瞳不禁睜大雙眼。

——一輪前所未見的巨大煙火，在東京的高空中華麗盛放。

＊

「不覺得這樣很痛苦嗎？」

在高架橋下的鐵軌旁，昴偷偷用鉗子破壞圍欄護網時，晟生對他這麼問。晟生雖然還是在旁邊敲打筆電鍵盤，卻似乎看透了昴的內心想法。

就算回到過去成功救回真夏，也永遠無法用那雙手擁她入懷，連親吻和注視都是無法實現的夢想。說不痛苦是騙人的。

即使如此，昴仍希望真夏能保住性命。就算真夏不認得自己也好，只要能在遠處偷偷守候她和另一個自己生活的樣子，他就沒有更多奢求了。

「但我還是想讓真夏活過來。這樣就夠了。」

昴說話時依然沒有停下手邊的工作，絲毫不擔心自己的生命安全。過去自己能做的只有免費做義大利麵給大家吃而已，這件事更讓他心有不甘。

「晟生先生，如果沒有你，我可能沒辦法在這個未來繼續活下去。就算我還活著，也無法接受她的死訊，終究會變成一個只會唉聲嘆氣的廢物。因為你給了我這個機會，我才能重拾希望追回真夏。」

昴再次低下頭向晟生道謝。

晟生將視線從筆電移到昴身上，緩緩開口道：

「我也能體會失去摯親的心情。任何事物都無法填補的空洞，往後一定也不可能被填滿。所以我不是為了填補那個空洞，而是想盡可能靠近那個人，至今才會不斷追逐哥哥的夢想。」

夢想或許就是如此。追根究柢，昴之所以想成為廚師，也是想拉近與母親的距離。真夏離開後他還能堅持料理這條路，或許也是想繼續烹調真夏覺得好吃的菜餚，感覺真夏還近在身邊吧。

晟生說話時還冒著白煙，昴則聽得五味雜陳。能像這樣和晟生說話的時間也剩不到一小時了，此刻的昴將會永遠消失在他的記憶之中。以往晟生等人的存在，到底讓自己受到了多大的鼓舞呢？回到過去之後，就不能再依賴任何人了。往後只能獨守這段記憶，過去的生活也會徹底改變，一切都得靠自己從頭開始。

終於把圍欄剪出足夠讓一人鑽過的洞口後，兩人便偷偷摸摸地縮起身子，免得被人發現。

八點五十五分。

真太郎來電回報，已經成功打開避難所了。勇作也順利讓無人機接上時光機，再來只要飛過來就行了。晟生依靠內嵌攝影機的畫面，用遠距操作啟動無人機。

時光機的設置地點不是高輪ＧＡＴＥＷＡＹ站內，而是田町和高輪ＧＡＴＥＷＡＹ之間的鐵軌上。

九點零二分，讓瞳搭乘的那班電車從濱松町發車了。

九點零四分，電車在田町站暫時停駛。

算準時間後，兩人闖進鐵軌。

九點零五分，一台飛過上空的無人機進入昴的視野。無人機抱著圓球體的時光機在鐵軌上降落，掀起的強風撼動了周遭的樹木，看起來就像電影場景。

昴看看四周，似乎還沒有人發現異狀。但這也是遲早的事。

順利將時光機設置於鐵軌上後，晟生斷開了時光機和無人機的連線。

雖然之前有試坐過，昴還是嚇了一跳。這就是要通過蟲洞回到過去的機器。

晟生將雙層構造的艙門打開先鑽了進去，從波士頓包中拿出未來資訊收發器開始安裝。昴提心吊膽地在一旁觀看。將收發器裝在時光機內部，可以防止昴受到重力擠壓。

晚上九點零八分。離流星雨出現的預定時間還有四分鐘。

晟生坐進時光機後始終沒有出來。當昴終於開始起疑時，正在做行前準備晟生竟緩緩從內部關閉艙門。昴連忙伸手拉住艙門大喊：

「晟生先生，你還在裡面，為什麼要關門！」

晟生的手還搭在艙門上，對困惑的昴說道：

「讓我去吧。」

昴聽不懂他在說什麼。晟生的舉動太過突然，根本不在計畫之內。昴拚命地抓住艙門，聲音也急迫起來。

「什麼？為什麼！那真夏不就……」

「我一定會救回真夏小姐。所以昴先生，你就待在真夏小姐身邊，跟她一起在這個未來活下去吧。」

就算昴回答「之前根本沒聽你說過」，晟生也完全不打算出來。

「這樣的話，晟生先生就會變成孤零零一個人啊！」

「……這是我的夢想，是我發明的時光機。只要無法保證安全無虞，就不能讓昴先生受到牽連。」

他的口氣還是這麼淡然，彷彿壓根兒就沒打算讓昴乘坐時光機。

「你該不會一開始就……」

晟生沒有回答這個問題。

「等一下……怎麼這樣！到目前為止，我在這項計畫中根本毫無貢獻啊！我能做的只有獻出這條命而已！」

這時，忽然有人從身後抓住了昴的手。被往後拉開後，抓著艙門的手也跟著鬆開。晟生看準這個機會關閉艙門，並從內部上鎖。

「危險，快退開！」

拉開昴的人正是真太郎。

「原本是我要去的啊！可是晟生先生……！」

「我本來就覺得那小子一定會去。」

真不敢相信。

真太郎回過頭，眼神直盯著時光機。他平常的言行舉止那麼輕浮，此刻卻判若兩人。

「那就是他的夢想。讓他實現願望吧，我也拜託你了。」

昴被抓住的那隻手，感受到真太郎堅定的意志傳遞而來。

「可是……！」

「放心吧，那小子一定會成功。畢竟他們兩兄弟跟普通人的偏差超過六個標準差嘛。一旦下定決心，說什麼都沒用。」

說完，真太郎淺淺一笑。

——晚上九點十二分，計畫開始。

搭載了晟生的時光機引擎啟動後，先往後退了一會兒。

就在這一瞬間。

黑暗的夜空驟然轉亮。兩人抬頭一看，眼前竟出現令人懷疑雙眼的光景。

高輪ＧＡＴＥＷＡＹ站上方的高空中出現一個小點，從中綻放出難以想像的巨大銀色光輪。

剛開始，昴以為是月球碎裂了。看起來就像破碎四散的月球碎片，如光雨般降落在地球上。星塵描繪出一道光弧，消失在大氣層當中，形狀卻跟過去觀測到的流星雨完全不同。這真的是流星雨嗎？

如果那些是飄浮在宇宙中的蟲洞，或許就會呈現出從四面八方噴發隕石般的煙火狀。

此情此景恍如夢境。

不知為何，昴完全止不住滾滾而下的淚水。

「太猛了吧。」真太郎也仰頭望向天空。

昴猛然回神，將視線往下移後，發現鐵軌上忽然出現了類似海市蜃樓的扭曲空間，肉眼也清晰可辨。這陣扭曲緩緩地變化成球體。

那就是——蟲洞。

真夏就在另一頭等著他，真夏一定在等他。

「高輪『GATEWAY』這個名字取得還真妙啊。」

真太郎玩味地這麼說，一旁的昴忍不住屏息。

猛然回頭，不知為何卻看見瞳拚命往這裡跑來。

「晟生先生！等等……！我還有話想跟你說啊……！」

下一秒——晟生搭乘的時光機發出引擎聲，一口氣加速衝向蟲洞。

頓時湧上心頭的情緒讓昴不禁哽咽，他彷彿要追隨時光機的腳步般拔腿狂奔，高聲大喊道：

「求求你！拜託你一定要……救回真夏！」

在時光機被吸進蟲洞的前一刻——

「……哥哥又要變得孤苦無依了。」

在身後低聲呢喃的真太郎的聲音，在腦海中揮之不去。

# 第六章　只有你不存在的未來

不管世界被逼到何等危險絕境，只要人還活著就會餓肚子。所以笠原孝夫一定會像這樣在自己店裡做義大利麵，直到世界滅亡的那一天為止。

這就是選擇靠這條路維生的男人的宿命。孝夫總獨自以此為豪。

不管是多不順眼的客人或奧客，都要一視同仁地提供美味的餐食。有了這股決心，做起生意就能順手許多。客人肚子餓就會上門光顧，僅只於此。

「喂，我不是叫妳先去站收銀嗎！」

孝夫的視線從揮舞的熱鍋中往上抬，看到一個打工人員憂心忡忡地關切另一個正在端盤子的員工。

「妳的病才剛好，不要太勉強自己，我幫妳端啦。」

「少囉嗦，就說沒問題了！昂也太愛擔心了吧！」

「是真夏太不關心自己了吧！好了，盤子給我！」

昴硬是搶走真夏拿在手上的盤子，幫她端上餐桌。

「店長～～昴真的很囉唆耶～～！」

真夏帶著哭腔向他告狀，雖然臉頰氣鼓鼓的，看起來卻有點開心。

「因為她三月才剛出院，現在只過了一個月而已啊。結果還講不聽，硬是要來打工。」

把義大利麵端給客人後，昴從真夏身後走來，往她頭上輕敲一記提出反駁。真夏誇張地摀著被敲的頭喊痛，跟昴拌嘴的樣子，根本只是在放閃而已。

這時，餐廳大門打開了。

「好了，別再打情罵俏了，快去接待客人。」

孝夫對兩人抬起下顎示意催促。

真夏懶懶地應了一聲，便往上門的客人走去。

「哇！這不是瞳小姐嗎！」

真夏帶著如花綻放般的笑容上前迎接的，是夏天以來經常光顧的某位客人。

昴跟真夏曾在二〇一九年十二月忽然失去音訊。當時發生了一起罕見事故，兩人搭乘的電車竟突然消失無蹤。但相隔五年後，他們竟在去年二〇二四年的夏天回來了。雖然原因尚未釐清，但這位名叫瞳的客人也是搭乘同一班電車的乘客。

「聽說真夏回來打工，我就過來了！喏，快進來呀！」

一名陰沉男子從瞳身後走進店內。

「啊，晟生先生也來了啊！」

晟生在後面嘟噥一句「妳好」，並低頭致意。

「真的沒事了嗎？妳是動心臟手術沒錯吧？」

真夏去年接受了利用人工細胞技術的心臟再生手術。這個不治之症在她失蹤當時就已經發作了，卻靠現代醫學技術得以根治。電視新聞也將其報導為「事故結果引發的奇蹟」。

「嗯！但我已經出院一個月了，後續追蹤狀況也不錯，簡直是活蹦亂跳呢！好了，快進來吧！牧先生跟他太太也來了，就在後面！」

真夏在前方帶路，說話語氣彷彿招待客人到家裡玩似的。

跟老婆一起坐在後方座位的男子喝著啤酒，對瞳和晟生揮揮手。這位先生也是事故當時搭乘同一班電車的乘客。

「哦，好久沒看到你們了。」

「好久不見！啊，我聽說牧先生的孫子出生了！」

瞳在隔壁桌入座，探出身子說道。

「我家這位也真是的，馬上就把孫子寵上天了。小嬰兒的眼睛都還睜不太開呢。」

「小嬰兒很可愛啊，有什麼關係。」他尷尬地將啤酒一飲而盡，妻子、瞳和真夏這幾位女性像是在調侃他似地笑了起來。

「一桌和二桌要兩盤茄汁炒義大利麵，兩盤蒜炒義大利麵。」

真夏將點單拿回廚房後，對廚房的員工複誦餐點內容。昴從大廳回到廚房，立刻替鍋子點火。

店裡約有五十個座位，目前已經坐了五成滿。孝夫心懷感激地在店裡忙個不停。

這時又來了一位客人。

他將帽子戴得很深，用眼鏡和口罩遮住了半張臉。從身高來看應該是男人吧。最近走到哪都能看到這種把整張臉遮住的年輕人。這倒是無所謂，但偶爾甚至會出現戴著口罩還硬要吃義大利麵的客人，實在有夠奇怪。

戴帽子的男人在吧台區的空位入座，沒看菜單就點了一杯咖啡跟蒜炒義大利麵，接著翻開帶在身上的文庫本靜靜地看了起來。

「是藝人嗎？」

沖泡咖啡的同時，真夏在孝夫耳邊這麼問，像個小偵探似的。孝夫聳聳肩回答：「我哪知道。」

在東京開店，就算不情願也會有藝人上門，這不是什麼稀奇的事。孝夫當然不會給他們特殊待遇，也不會打折，只會一視同仁地讓他們填飽肚子。

真夏端著咖啡走向戴帽子的男人。

隨後，男人低下頭，只將口罩摘下，並伸手拿取放在桌上的糖包。他放了一包半後，用湯匙緩緩攪拌。

他身後傳來瞳一行人極為開心的交談聲。

手邊沒事之後，真夏跟昴也走向他們的座位，時不時站著閒聊。

過了一會兒，戴帽子的男子在吧台區吃完義大利麵後，重新戴上口罩站了起來。

這時，他和剛好走進店內的兜帽男撞上肩膀。

「啊，抱歉。」兜帽男聳聳肩說道。戴帽子的男子只是微微低下頭，什麼話也沒說。

「是真太郎先生！」正在收銀檯結帳的真夏向兜帽男搭話。

這個名為真太郎的男子，也是同一班電車上的乘客。看樣子今天是真夏的復工慶祝會吧。

付完錢後，戴帽子的男子頭也不回地走出餐廳。

「我好像在哪裡看過那個人耶。」真夏還在繼續這場離題的推理遊戲。

「我也覺得他很眼熟……」

昴也在一旁面有難色。這對情侶真是半斤八兩。

「啊！」真夏忽然驚呼一聲，似乎想到了什麼。

「感覺有點像那天把我撞進電車裡的那個人。」

昴也點點頭說：「這麼說來確實很像。」

正在洗碗的孝夫偷偷聽著兩人的對話，無意間瞄了窗外一眼，發現剛才那個戴帽子的男人站在遠處。

他覺得有點不可思議，但可能是因為拿下眼鏡導致視線模糊。於是孝夫將插在胸前口袋的眼鏡重新戴上，再次往該處看去。

但那裡已經空無一人了。

# 尾聲

再也不要光顧那間店了——下定決心的我在田町站搭上了山手線，靠在車門上翻開隨身攜帶的文庫本小說。

不是因為想看小說，而是不想在這個季節看到西方的天空。

回到過去後沒過多久，我一看到獵戶座，胸口就會躁動不已。

載著他們的那班電車飛到未來約四小時後，參宿四超新星爆炸的光芒也傳到地球上。那道光強到所有人都注意到其存在，抬頭仰望亮晃晃的夜空。這股異象持續了數個月之久。

每次看到那個星座，我就會想起穿越到未來的那群人，無處宣洩的落寞便會狠狠將我淹沒。

在這五年的歲月裡，參宿四的光芒已經黯淡到肉眼無法觀測的程度。儘管獵戶座失去右肩，卻還是有其他閃亮耀眼的星星，讓它依舊存在。當形成獵戶座的所有星星都消滅之時，獵戶座才算得上是真正消失吧。那個時候我當然已經不在這個世界上了。

——這五年來，我一直在等那六個人回來。

當他們搭上電車消失無蹤後，我偷偷用偽造的身分證，獨自一人在新租的房子裡生活。

我手上有五年份左右的未來樂透中獎號碼，完全不必擔心金錢問題。所以我打算不慌不忙地將回到過去時不慎壞掉的未來資訊收發器修理好，同時靜待他們五年後回來的那一天。

說到底，自從哥哥死後，我始終是一個人，沒有其他稱得上家人、夥伴和戀人的對象。

所以我總以為，「一個人很寂寞」這種感情，應該在哥哥死去時也一併消失了。

事實卻並非如此。這五年來，我比任何人都引頸期盼那六個人回來。

絕對不能讓他們發現我的存在，這一點我當然清楚。尤其是我自己。要是不小心看到自己，也不知道這個宇宙的真理會如何處置我的存在。倘若這個世界是靠

it from bit（資訊造就一切）才得以成立，應該輕輕鬆鬆就能把我這個數據從世界上消滅掉吧。

但我還是想看他們一眼。

儘管共處的時光只有短短幾個月，參宿四大作戰的所有相關人員，讓我早已乾涸的心靈獲得了滋潤。看來再也找不回以前沒嘗過這種滋味、不怕寂寞的那個我了。

我也曾經想過，乾脆像他們那樣消除所有記憶該有多好。但記憶中瞳的身影，總是能讓我擺脫這種膽怯重新振作。

以她為陽光培育而成的愛情嫩芽，別說枯萎了，甚至還奮力成長到不可見的程度。就是這一切在支持這五年的我。

——說什麼都不想忘記。

無論是她那雙冰冷卻柔軟的手掌觸感，凝望著我的深邃眼眸，還是隨風搖曳的那頭長髮。

我真的覺得這輩子不會再遇到這種愛情了。陽生離開後，我第一次真切感受到自己活著的事實。

我之所以能毫不猶豫地踩下通往過去的時光機的油門，或許就是被「不想忘記瞳」這股強烈意志所驅使。

——今天，我終於見到回來的這六個人了。

再次見到他們時，為了避免曝光，我戴上帽子和口罩，大部分時間都背對著他們。雖然這個夢想好不容易才實現，湧上心頭的思緒卻比想像中還要兇猛，讓我痛苦難耐。

我知道，我一直都明白，但他們卻理所當然地在我不存在的世界中生活。不對，「我」確實存在於此，但那個人卻不是我。

另一個我坐在瞳的正對面。就算瞳開口喊他，他也一臉淡然，沒有表現出開心的模樣，簡直可恨透頂。如果是我坐在那裡，一定會馬上握住她的手。還會將漫長等待中萌生的感情換算成花，做成雙手難以環抱的花束送給她。

我終於切身體會到，所謂幸福，只不過是寂寞的另一面。

但看到在這個未來平安存活的真夏，以及和她形影不離的昴之後，我多多少少能把自己的行為合理化。他們的幸福確實是被我的行動所影響。

那天真夏雖然一度跑出車廂，我卻從後面狠狠地把她撞回去。

但我應該沒辦法再見到他們了。在他們的記憶之中，再也沒有我所追求的事物了。起初我原本不抱任何期待，等待的這段時間卻讓我看見名為希望的幻影，否則我會痛苦難耐。這或許是為了生存而自我產生的幻覺吧。

我只是漫不經心地看著小說，回過神來，山手線卻已經繞了兩圈。

我在目黑站下車後，轉乘東急目黑線，在不動前站下車。

建於目黑川沿岸的這棟低層公寓雖然是我的暫居地，但我已經決定要搬出去了。因為這裡太靠近他們生活的世界。

我已經沒有任何理由留在這座城鎮了。

我低頭看著腳邊往前走——卻有某個東西忽然在我眼前破了。

那個輕飄飄的東西不斷飛到我面前，接著破裂消散。我倒抽一口氣，膽顫心驚地抬起頭。

我房間的燈亮著，還有肥皂泡泡不斷從陽台飄散而出。

「……為什麼？」

彷彿心臟被緊緊揪住似的，我急忙衝上自家所在的樓層，一口氣打開沒上鎖的大門。

——只見房裡有個戴著兜帽的男人背影。

還有像堆著沒看的書籍般層層堆疊的紙鈔放在眼前的桌上，目測應該有兩億日圓左右。

我僵在原地無法動彈。

「是你把這些錢匯進我的祕密帳戶吧？」

那個男人緩緩轉過頭，看著我這麼說。

真太郎看著我，臉上勾起一抹淺淺的笑。

「我問了另一個晟生，他說不知道，我才覺得怪怪的。」

確實是我將這些錢匯進真太郎的祕密帳戶。

真太郎之前買下了我跟陽生的夢想，為了報答他，我也用兩億日圓買下他想成為有錢人的夢想。

而且我相信他能有效活用這筆錢。用來轉帳的戶頭當然是人頭帳戶，但真太郎還是能找到這裡來。

「……但你怎麼會發現我的存在？」

「剛剛你在店裡撞到我了吧。你以為我不知道是你嗎？」

「不，但店裡還有另一個我啊……」

真是難以置信。

接著，真太郎從口袋裡拿出手機讓我看。這個手機殼還真眼熟——我這麼心想，但那確實是我的手機。我連忙翻找口袋，但原本放在裡面的手機卻消失無蹤。居然被他擺了一道。

在店裡相撞的時候，手機就被真太郎摸走了。

「想騙我，再等個一百年吧。」說完，真太郎隨手將手機丟了過來，我急忙接住。

「雖然不知道為什麼會有兩個你……或許是老天爺想讓我找到另一個寶貝弟弟吧。」

語畢，真太郎對晟生笑了笑。

過去我根本不相信世上有神。

在我懂事之前就奪走我的父母，還搶走我唯一的哥哥。好不容易實現夢想後，卻只留下讓我難以喘息的孤獨。

神根本沒把我放在眼裡吧。如果祂在看著我，為什麼會給我永無止盡的試練？

唯有這股憤怒至極的感情，在我心中不斷成長。

所以我從來不曾向神祈求。

……但或許世上真的有神吧。

願意將我救出孤獨這片苦海的神。

這一瞬間——這些年來不斷隱忍的情緒頓時滿溢而出。

我不知道孤獨的滋味原來這麼可怕。

不知道失去曾經擁有的幸福，居然是這麼痛苦的一件事。

也不知道鬱結在心中的情緒如此洶湧。

這時，我才終於發現自己無法習慣與悲傷和絕望共處。

眼淚滾滾而下，我當場跌坐在地放聲哭喊。

就像剛出生的小嬰兒那樣，毫不羞恥地釋放出所有情緒。

不知是看傻了眼，還是於心不忍，真太郎來到我身邊，溫柔地拍撫我的背。

「爸媽死了、被女人甩掉、記憶還被竄改、哪有哥哥會對這樣的弟弟見死不救啊。」

我抬起涕淚縱橫的臉，而真太郎勾起一邊嘴角，露出得意的笑容說：

「嗨，兄弟……近來可好？」

# 後記

不知怎地，我從以前就很喜歡時空旅行題材的故事。比如『回到未來』、『似曾相識』和『跳躍吧！時空少女』……如果能回到過去改寫某一天，或是前往未來知道自己的將來該有多好。或許正因為自己是個不完美的人，才會常常思考這種事。

其實我十七歲成為小說家後，也寫過《過去で君が待っている。》和《元カレ巡り》這兩部時空旅行小說。但這兩部作品終究只是虛構的故事，現實中不可能發生。當時我接觸到松原隆彥教授一本名為《私たちは時空を超えられるか》的著作，書中記載了這個衝擊性十足的內容——理論上，穿越未來是可行的。

看了這本書之後，我對愛因斯坦的「相對論」和時間宇宙的起源開始感興趣。如果能寫出從未嘗試、科學理論可行的時空旅行故事，該會多有趣啊。這個念頭就是我構思這部小說的契機。

為了讓這部作品更有真實性，回過神來，我已經直接跟松原隆彥教授取得聯繫，隔週就去拜訪教授所在的研究所了。

雖然我忽然造訪，松原教授還是熱情地迎接我，從科學觀點給了我許多寶貴的建議。例如蟲洞得以實現的外型、聲音、對人類的影響，時光機的形狀，隕石從蟲洞中飛出的畫面等等。「跟平均值的偏差超過三個標準差」這個笑話，也是教授提議的數學家專業用語。多虧松原教授時不時陪我閒聊（笑），這部作品才能順利完成。如果沒有松原教授的幫忙，我一定寫不出這部作品。我想藉此機會，再次致上由衷的感謝。

另外，我也想向在各方面給予指教的各位老師和相關人士、出版社人員、幫忙繪製精美封面的 sime 老師，以及閱讀這部小說的各位讀者，獻上由衷的感謝。

今晚在夜空中閃閃發亮的參宿四，是否還依然存在呢？今天的我也帶著對宇宙的浪漫情懷，仰望著獵戶座。

吉月生

## 参考文獻


《宇宙はどうして始まったのか》松原隆彦／著（光文社新書）
《私たちは時空を超えられるか 最新理論が導く宇宙の果て、未来と過去への旅》松原隆彦／著（サイエンス・アイ新書）
《タイムトラベル超科学読本》クリエイティブ・スイート／著、松田卓也／監修（PHP研究所）
《宇宙は何でできているのか　素粒子物理学で解く宇宙の謎》村山斉／著（幻冬舎新書）

輕文學 Light Literature

被分數支配的世界裡，
我們選擇不被分數掌控！

# 無法計算的青春

佐野徹夜 / 著　王靜怡 / 譯

外貌、學力、社交能力……每個人都有分數，這些分數左右所有人的生活。不知何故，我看得見浮現於人們頭頂上的分數。

比方說班上的怪胎春日，只有四十二分的低分，卻不自量力地喜歡上高分男。由於我能看見分數的事被春日知道了，為了提升春日的分數，我開始和她來往，幫她提升分數——

定價：NT$320/HK$107

畢業前夕的轉學，冷卻的心再次跳動——

動畫《Just Because !》原作小說

# Just Because!

鴨志田一／著　李逸凡／譯

國中時期轉學至福岡的瑛太，在高中生活只剩下三個月的期間，因為父親的調職再次回到故鄉 · 鎌倉。在轉入的高中裡，瑛太遇見他曾經抱有淡淡情愫的國中同學美緒，以及美緒傾心的陽斗。學測、畢業、戀愛……描述高中生們青春年華與內心掙扎的群像劇。

定價：NT$300/HK$90

輕文學
Light Literature

繼《七日間的幽靈，第八日的女友》後，再次譜寫淒美篇章
發生在夏日的鎌倉，一個關於遺忘與命運的故事

# 戀愛的死神，與我遺忘的夏天

五十嵐雄策／著　林于楟／譯

我被真實身分是死神的同班同學茅野花織，突如其來地宣布錄取為實習死神。
肩負著必須為將死之人消除牽掛的任務，我們遇見許多尋求和重要之人最後「連結」的人們。
在執行最後一次任務的那天，我的某個記憶甦醒了……

定價：NT$280/HK$93

輕文學
Light Literature

©Yuki Shasendo 2020

縱使妳會下地獄，我也依然喜歡妳。
即使全世界都饒不了妳，我也會站在妳這邊。

# 戀入膏肓

斜線堂有紀／著　一杞／譯

震撼全日本的教唆自殺遊戲「大藍閃蝶」，出現約 150 人以上的被害者。沒有人能預料到，遊戲首腦是位人見人愛的女高中生，寄河景。理應心地善良的少女是如何轉變成怪物的呢？她的青梅竹馬少年宮嶺，回想起讓命運變調的「首次殺人」……失控愛情與連鎖悲劇所帶來的衝擊，將帶來何種地獄？

定價：NT$300/HK$100

國家圖書館出版品預行編目資料

今夜F時，奔向兩個你所在的車站。/ 吉月生 作
; 林孟潔譯. -- 初版. -- 臺北市 : 臺灣角川股份有
限公司, 2021.08
面；　公分
譯自：今夜Ｆ時、二人の君がいる駅へ。
ISBN 978-986-524-736-2(平裝)

861.57　　110011020

輕文學 Light Literature

# 今夜F時，奔向兩個你所在的車站。

原著名＊今夜F時、二人の君がいる駅へ。

作　　者＊吉月 生
插　　畫＊sime
譯　　者＊林孟潔

2021年8月30日　初版第1刷發行
2023年2月3日　初版第2刷發行

發 行 人＊岩崎剛人
總　　監＊呂慧君
總 編 輯＊蔡佩芬
主　　編＊李維莉
美術設計＊邱靖婷
印　　務＊李明修（主任）、張加恩（主任）、張凱棋

台灣角川

發 行 所＊台灣角川股份有限公司
地　　址＊104台北市中山區松江路223號3樓
電　　話＊（02）2515-3000
傳　　真＊（02）2515-0033
網　　址＊www.kadokawa.com.tw
劃撥帳戶＊台灣角川股份有限公司
劃撥帳號＊19487412
法律顧問＊有澤法律事務所
製　　版＊尚騰印刷事業有限公司
I S B N＊978-986-524-736-2